U0064182

圖說三國演義

原著節本

1

原著 羅貫中

策劃 陳萬雄

編著 小白楊工作室

編輯成員 蔡嘉亮 劉集民

序

讀原著：感受歷史、學好中文

中國四大小說《西遊記》、《水滸傳》、《紅樓夢》和《三國演義》，長久以來是青少年最喜歡的讀物。其中，又以羅貫中著的《三國演義》最受歡迎，書中的故事和人物，婦孺皆曉，街知巷聞。該小說具有的時代生命力，乃世界上典籍中所罕見，千年流行。當前中國、日本、韓國等國家以《三國演義》為藍本，各種不同形式的出版與多媒體產品，層出不窮。但是，不同形式的出版和多媒體的產品，如何新潮吸引，絕無法取代閱讀原著《三國演義》的價值。

首先，四大小說都是中國文學名著，尤其《三國演義》被稱為「七分真實，三分添造」，閱讀原本《三國演義》，無異讓我們認識了中國歷史上最引人入勝、最驚心動魄被譽為「英雄時代」的一段歷史。另外，《三國演義》文白結合，文筆簡練，是青少年通過閱讀從而提升語文能力的最佳課外讀物。

考慮當前學生學習忙碌，難於啃大部頭的原著，是以精選原著的精華情節；也考慮時下青少年對中國地理和歷史認識的不足，有礙原著的閱讀，是以配上地圖、附以圖表、注釋所涉的歷史文化、並輔以三國時代傳世和出土文物遺址的圖片，以期增進讀者的閱讀興趣，提升語文和歷史修養。

歷史學家 陳萬雄

目錄

東漢官制簡圖

皇帝

上公

太師　太傅　太保
（地位高於三公，但多為榮譽職銜）

三公

太尉　管理軍事
司徒（丞相）　主理政事
司空（御史大夫）　行政監察

九卿

宗正（皇室、外戚）
大司農（糧食、財政）
大鴻臚（外交、民族）
廷尉（司法、刑獄）
少府（皇室財政）
太僕（車馬、馬政）
衞尉（皇宮禁衞）
光祿勳（察舉郎官）
太常（宗廟祭禮）

州

刺史（監察地方的軍事行政主官，漢末改為州牧）
別駕（州刺史的高級佐官）
治中（州刺史的高級佐官。次於別駕）

郡

郡守（亦稱太守，郡的行政主官）
郡丞（太守的佐官，邊遠地區為長史，綜理郡政）
郡尉（直轄於朝廷，掌郡軍馬。亦管緝盜治安）

縣

縣令（縣級行政主官，轄區戶少則稱縣長）
縣丞（縣的次官，分管糧馬、税收、戶籍等事）
縣尉（縣令佐官，分管治安、捕盜等事）

軍隊系統

漢末越發重用的行政機構

大將軍

驃騎將軍、車騎將軍、衞將軍

前將軍、左將軍、右將軍、後將軍

東、南、西、北 四征將軍

東、南、西、北 四鎮將軍

東、南、西、北 四安將軍

東、南、西、北 四平將軍

雜號將軍

偏將軍、裨將軍、中郎將

校尉、協領

都尉

尚書台
（行政中樞）

錄尚書事

尚書令、尚書僕射

滾滾長江東逝水，浪花淘盡英雄。
是非成敗轉頭空。青山依舊在，
幾度夕陽紅。
白髮漁樵江渚上，慣看秋月春風。
一壺濁酒喜相逢。
古今多少事，都付笑談中。

——調寄《臨江仙》

圖說三國演義

原著節本

第一回

宴桃園豪傑三結義，斬黃巾英雄首立功

話説天下大勢，分久必合，合久必分。周末七國分爭，併入於秦。及秦滅之後，楚、漢分爭，又併入於漢。漢朝自高祖斬白蛇而起義，一統天下，後來光武中興，傳至獻帝，遂分為三國。推其致亂之由，殆始於桓、靈二帝。桓帝禁錮善類，崇信宦官。及桓帝崩，靈帝即位，大將軍竇武、太傅（皇帝的老師）陳蕃共相輔佐。時有宦官曹節等弄權，竇武、陳蕃謀誅之，機事不密，反為所害，中涓（中涓、中常侍：即宦官，俗稱太監）自此愈橫。

時鉅鹿郡有兄弟三人，一名張角，一名張寶，一名張梁。張角號為「太平道人」。中平元年正月內，疫氣流行，張角散施符水，為人治病，自稱「大賢良師」。訛（é，粵音俄）言：「蒼天已死，黃天當立；歲在甲子，天下大吉。」申言於眾曰：「今漢運將終，大聖人出。汝等皆宜順天從正，以樂太平。」四方百姓，裹黃巾從張角反者四五十萬。賊勢浩大，官軍望風而靡。

何進奏帝火速降詔，令各處備禦，討賊立功。一面遣中郎將盧植、皇甫嵩、朱儁（jùn，粵音進）各引精兵，

中郎將

漢代的武官大致分為將軍、中郎將和校尉三級。將軍並不常設，戰時才會授予統兵之人。平時武官的最高軍職只能到中郎將，此時的中郎將含金量頗高，不像之後成為了中下級軍官的職位。

分三路討之。

幽州太守劉焉，魯恭王之後也。當時聞得賊兵將至，隨即出榜招募義兵。

榜文行到涿縣，引出涿縣中一個英雄。那人不甚好讀書；性寬和，寡言語，喜怒不形於色；素有大志，專好結交天下豪傑；身長七尺五寸，兩耳垂肩，雙手過膝，目能自顧其耳，面如冠玉，唇若塗脂；中山靖王劉勝之後，漢景帝玄孫，姓劉名備，字玄德。玄德幼孤，事母至孝；家貧，販屨（用麻造的鞋）織席為業。其家之東南，有一大桑樹，高五丈餘，遙望之，童童如車蓋。相者云：「此家必出貴人。」玄德幼時，與鄉中小兒戲於樹下，曰：「我為天子，當乘此車蓋。」叔父劉元起奇其言，曰：「此兒非常人也！」因見玄德家貧，常資給之。年十五歲，母使遊學，嘗師事鄭玄、盧植，與公孫瓚等為友。

及劉焉放榜招軍時，玄德年已二十八歲矣。當日見了榜文，慨然長歎。隨後一人厲聲言曰：「大丈夫不

盧植 字子幹

涿郡涿縣（今河北涿州）人。東漢末年政治家、軍事家、經學家。

皇甫嵩 字義真

安定郡朝那（今寧夏固原彭陽縣）人。東漢末年名將，官至太尉。

朱儁 字公偉

會稽上虞（今浙江紹興）人。東漢末年名將，參與平定黃巾之亂，官至太尉。

劉焉 字君郎

江夏竟陵（今湖北天門）人，東漢末年官至益州牧。

鄭玄 字康成

北海高密（今山東高密）人，東漢經學家、預言家。

公孫瓚 字伯圭

東漢末期人物，幽州遼西令支人，曾任前將軍，封易侯。

古今地名

幽州：華夏九州之一，東漢十三州之一，轄境相當於今北京市、河北北部、遼寧南部及朝鮮西北部。治所在薊縣（今北京市城區西南部）。

涿縣：今河北涿州

劉備世系簡表

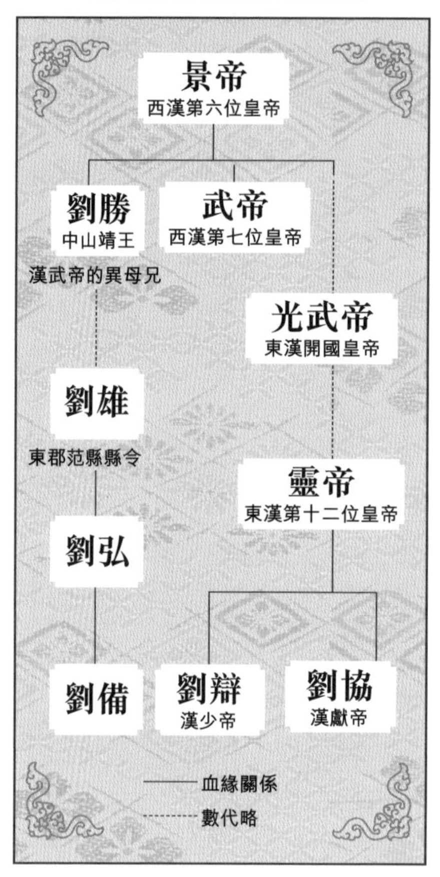

與國家出力，何故長歎？」玄德回視其人，身長八尺，豹頭環眼，燕頷虎鬚，聲若巨雷，勢如奔馬。玄德見他形貌異常，問其姓名。其人曰：「某姓張名飛，字翼德。世居涿郡，頗有莊田，賣酒屠豬，專好結交天下豪傑。恰才見公看榜而歎，故此相問。」玄德曰：「我本漢室宗親，姓劉，名備。今聞黃巾倡亂，有志欲破賊安民，恨力不能，故長歎耳。」飛曰：「吾頗有資財，當招募鄉勇，與公同舉大事，如何。」玄德甚喜，遂與同入村店中飲酒。

正飲間，見一大漢，推着一輛車子，到店門首歇了，入店坐下，便喚酒保：「快斟酒來吃，我待趕入城去投軍。」玄德看其人：身長九尺，髯長二尺；面如重棗，唇若塗脂；丹鳳眼，臥蠶眉，相貌堂堂，威風凜凜。玄德就邀他同坐，叩其姓名。其人曰：「吾姓關名羽，字長生，後改雲長，河東解良（地名讀作 hài liáng，粵音械良）人也。因本處勢豪倚勢淩人，被吾殺了，逃難江湖，五六年矣。今聞此處招

古今地名

河東：位於今山西西南部

軍破賊，特來應募。」玄德遂以己志告之，雲長大喜。同到張飛莊上，共議大事。飛曰：「吾莊後有一桃園，花開正盛；明日當於園中祭告天地，我三人結為兄弟，協力同心，然後可圖大事。」玄德、雲長齊聲應曰：「如此甚好。」

次日，於桃園中，備下烏牛白馬祭禮等項，三人焚香再拜而說誓曰：「念劉備、關羽、張飛，雖然異姓，既結為兄弟，則同心協力，救困扶危；上報國家，下安黎庶。不求同年同月同日生，只願同年同月同日死。皇天后土，實鑒此心，背義忘恩，天人共戮！」誓畢，拜玄德為兄，關羽次之，張飛為弟。祭罷天地，復宰牛設酒，聚鄉中勇士，得三百餘人，就桃園中痛飲一醉。來日收拾軍器，但恨無馬匹可乘。正思慮間，人報有兩個客人，趕一羣馬，投莊上來。玄德曰：「此天佑我也！」三人出莊迎接。原來二客乃中山大商：一名張世平，一名蘇雙，每年往北販馬，近因寇發而回。玄德請二人到莊，置酒管待，訴說欲討賊安民之意。二客大喜，願將良馬五十匹相送；又贈金銀五百兩，鑌鐵一千斤，以資器用。

黃巾軍組職架構圖

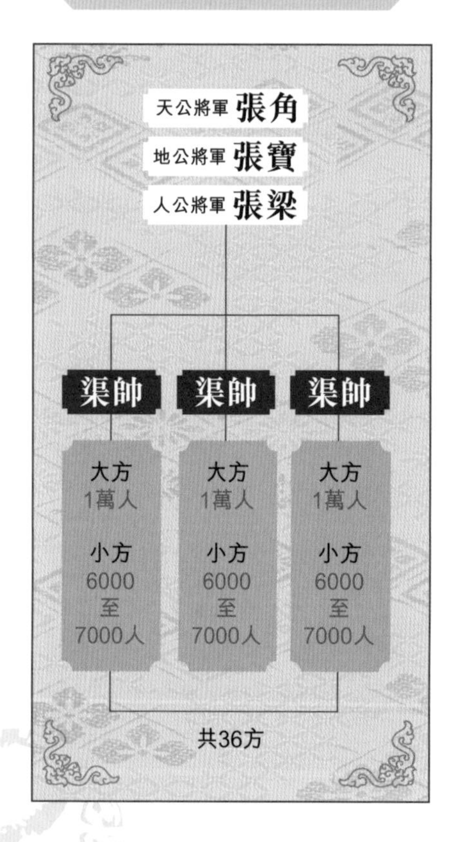

玄德謝別二客，便命良匠打造雙股劍。雲長造青龍偃月刀，又名「冷豔鋸」，重八十二斤。張飛造丈八點鋼矛。各置全身鎧甲。共聚鄉勇五百餘人，來見太守劉焉。玄德說起宗派，劉焉大喜，

黃巾軍起事 天下大亂示意圖

遂認玄德為侄。不數日，人報黃巾賊將程遠志統兵五萬來犯涿郡。劉焉令鄒靖引玄德等三人，統兵五百，前去破敵。當下兩軍相對，程遠志被雲長刀起處，揮為兩段。

> **古今地名**
> 中山：今河北定州
> 青州：漢代十三州之一，今山東省東部，河北省中南部
> 青州城：今山東臨淄

眾賊見程遠志被斬，皆倒戈而走。玄德揮軍追趕，投降者不計其數，大勝而回。次日，接得青州太守龔景牒文，言

古今地名

廣宗：今河北邢台

潁川：今河南許昌

譙郡：今安徽亳州

黃巾賊圍城將陷，乞賜救援。玄德、關、張，投青州來。玄德三路夾攻，賊眾大潰。直趕至青州城下，太守龔景亦率民兵出城助戰。賊勢大敗，剿戮極多，遂解青州之圍。

龔景犒軍畢，鄒靖欲回。玄德曰：「近聞中郎將盧植與賊首張角戰於廣宗，備昔曾師事盧植，欲往助之。」於是鄒靖引軍自回，玄德與關、張引本部五百人投廣宗來。時張角賊眾十五萬，植兵五萬，相拒於廣宗，未見勝負。植謂玄德曰：「我今圍賊在此，賊弟張梁、張寶在潁川，與皇甫嵩、朱儁對壘。汝可引本部人馬，我更助汝一千官軍，前去潁川打探消息，約期剿捕。」玄德領命，引軍星夜投潁川來。

時皇甫嵩、朱儁領軍拒賊，賊戰不利，退入長社，依草結營。嵩與儁計曰：「賊依草結營，當用火攻之。」遂令軍士，每人束草一把，暗地埋伏。其夜大風忽起。二更以後，一齊縱火，嵩與儁各引兵攻擊賊寨，火焰張天，賊眾驚慌，馬不及鞍，人不及甲，四散奔走。

小字阿瞞，沛國譙郡（今安徽亳州）人。父曹嵩本姓夏侯，因為中常侍曹騰的養子，改姓曹。

殺到天明，張梁、張寶引敗殘軍士，奪路而走。忽見一彪軍馬，盡打紅旗，當頭來到，截住去路。為首閃出一將，身長七尺，細眼長髯，姓曹，名操，官拜騎都尉，沛國譙郡人也。曹操大殺一陣，斬首萬餘級，奪得旗幡、金鼓、馬匹極多。張梁、張寶死戰得脱。操見過皇甫嵩、朱儁，隨即引兵追襲張梁、張寶去了。

卻説玄德引關、張來潁川，賊已敗散。玄德見皇甫嵩、朱儁，其道盧植之意。嵩曰：「張梁、張寶勢窮力乏，必投廣宗去依張角。玄德可即星夜往助。」玄德領命，遂引兵復回。到得半路，只見一簇軍馬，護送一輛檻車，車中之囚，乃盧植也。玄德大驚，滾鞍下馬，問其緣故。植曰：「我圍張角，將次可破；因角用妖術，未能即勝。朝廷差黃門（黃帝的近侍）左豐前來體探，問我索取賄賂。我答曰：『軍糧尚缺，安有餘錢奉承天使？』左豐挾恨，回奏朝廷，説我高壘不戰，惰慢軍心；因此朝廷震怒，遣中郎將董卓來代將我兵，取我回京問罪。」軍士簇擁盧植去了。關公曰：「盧中郎已被逮，別人領兵，我等去無所依，不如且回涿郡。」玄德從其言，遂引軍北行。行無二日，忽聞山後喊聲大震。玄德引關、張縱馬上高岡望之，見漢軍大敗，後面漫山塞野，黃巾蓋地而來，旗上大書「天公將軍」。玄德曰：「此張角也！可速戰！」三人飛馬引軍而出。張角正殺敗董卓，乘勢赴來，忽遇三人衝殺，角軍大亂，敗走五十餘里。

涼州隴西臨洮（今甘肅岷縣）人，長於涼州，喜交羌人。後召為羽林郎屢建戰功，被司徒袁隗征辟任為并州刺史、河東太守。

三人救了董卓回寨。卓問三人現

居何職。玄德曰：「白身。」卓甚輕之，不為禮。玄德出，張飛大怒曰：「我等親赴血戰，救了這廝，他卻如此無禮。若不殺之，難消我氣！」便要提刀入帳來殺董卓。

外戚宦官

東漢從第四代皇帝的和帝開始，一直到靈帝，接連九位皇帝，都很短命，竟然沒有活過 36 歲的。皇帝既短命，繼位者又年幼，初登大寶多是太后臨朝。太后勢孤必要倚重外家的勢力，致使外戚實權在握。反過來，幼帝成年後，多不滿於外戚的專橫跋扈，自然也只能聯合最親近自己的宦官，去剷除外戚。雙方奪權激烈，朝政愈加動蕩不堪。

兩漢至西晉歷史年表

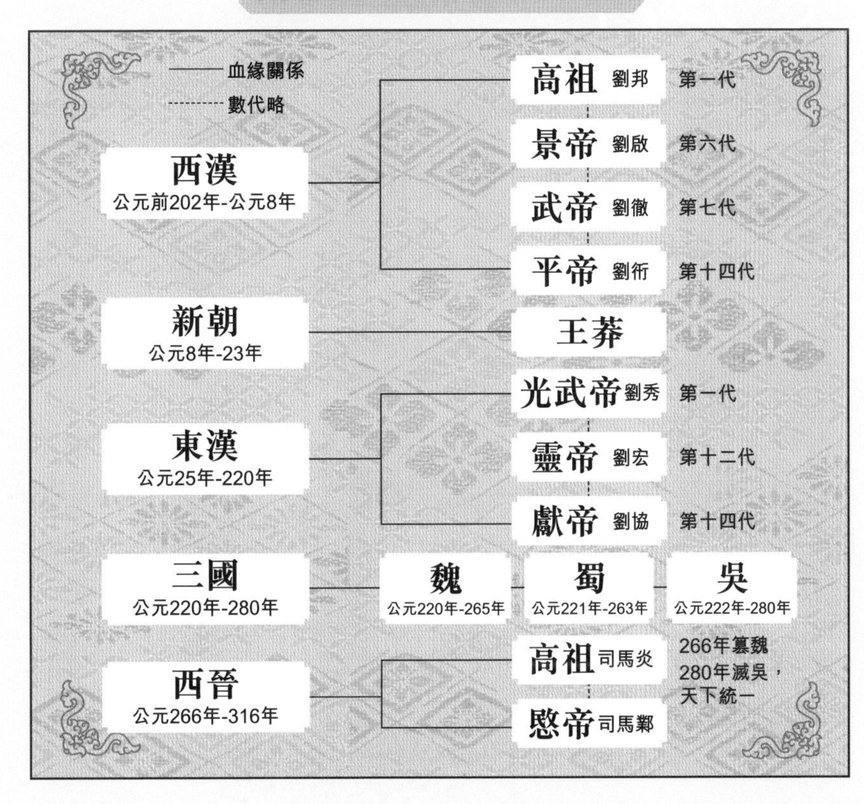

黃巾軍起事簡表

冀州黃巾軍	黃巾軍大本營，張角曾在起義前廣泛活動於魏郡、趙國、常山國、鉅鹿郡一帶。
青州黃巾軍	管亥領導，活躍於勃海郡，濟北國、東平國、任成國。後被曹操打敗。
徐州黃巾軍	無知名的統帥，主要活動範圍在琅琊國、東海郡一帶，為陶謙所敗。
兗州黃巾軍	雖據中原之地，但活動相對較弱，先被皇甫嵩擊破，後聯合黑山軍、青州黃巾軍攻佔濮陽、東武陽、濟北國、東平國、任城國。被曹操打敗，被收編為曹操的主力之一青州軍。
豫州黃巾軍	活動於潁川郡、陳國和汝南郡三地，渠帥（即首領）是波才。同皇甫嵩、朱儁、曹操在潁川郡陽翟、長社大戰而敗。潰散有劉辟、何儀、何曼、黃邵等小股力量。
荊州黃巾軍	主要活動於南陽郡，主要將領有張曼城、趙宏、韓忠、孫夏。多為右中郎將朱儁所敗。
益州黃巾軍	188 年馬相、王饒、趙播等人起事，攻破廣漢郡、蜀郡、犍為郡、巴郡等地，為益州從事賈龍所敗。這支黃巾雖稱黃巾，但實際上更偏向五斗米道，和其他黃巾軍聯繫很少。
揚州黃巾軍	渠帥陳敗、萬秉、吳恒，活躍區域在吳郡、萬秉和會稽郡，比較後期才出現並被剿滅。
黑山軍	領袖是張牛角和褚飛燕（張燕），活動於中山、常山、趙郡、上黨、河內一帶的太行山中，後來曾長期與袁紹進行對抗，最後降於曹操。
白波軍	渠帥是郭太，聚眾十餘萬，起事於河東郡白波谷。曾攻破太原、河內等郡，董卓派軍鎮壓不勝。至 190 年董卓面對關東聯盟，恐白波軍南下斷其西歸，乃火燒洛陽，遷都長安。195 年關中混戰，白波軍殘將楊奉、韓暹、李樂、胡才迎漢獻帝到河東，次年帝駕回到洛陽。俱受封賞。

平定黃巾示意圖

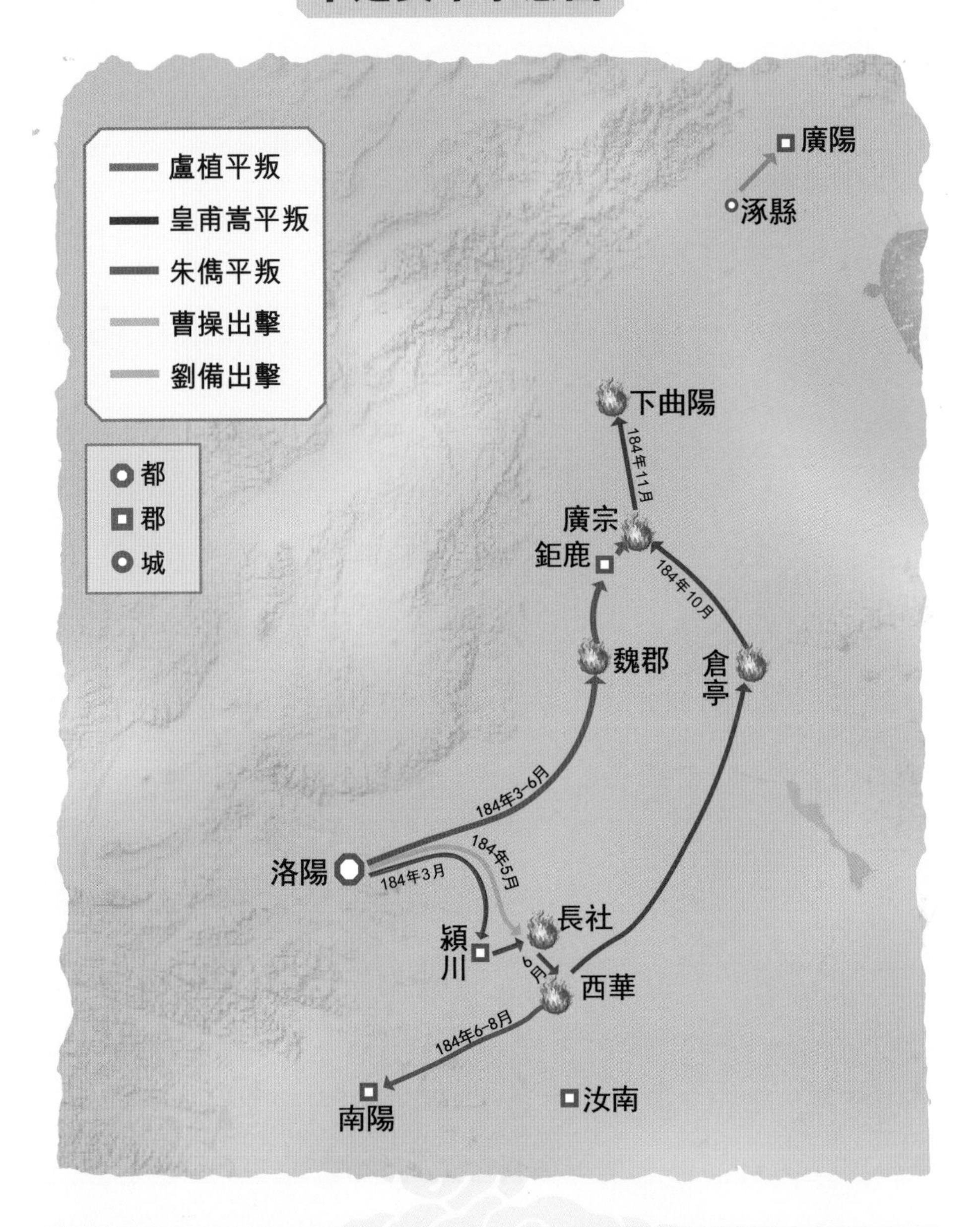

古今地名

蜀郡：位於今四川盆地的核心區
常山：今河北石家莊正定縣
上黨：位於今山西東南部，郡治約今山西長子縣
河內：位於今河南西北部，黃河以北區域
東郡：位於今山東、河南、河北三省之間
太原：位於今山西中部
洛陽：今河南洛陽
長安：位於今陝西西安一帶

第二回 張翼德怒鞭督郵，何國舅謀誅宦豎

張飛惱恨董卓怠慢劉備，欲殺掉董卓，劉備與關羽以不能殺朝廷命官而阻止。三人投奔朱儁。因平定黃巾賊有功，獲授定州中山府安喜縣尉。

玄德與關、張來安喜縣中到任。署縣事一月，與民秋毫無犯（軍紀嚴明，絲毫不侵犯人民的利益。），民皆感化。到任之後，與關、張食則同桌，寢則同牀。如玄德在稠人廣坐（人多的公眾地方），關、張侍立，終日不倦。適督郵行部至縣，玄德出郭（外城）迎接，見督郵施禮。督郵坐於馬上，惟微以鞭指回答。關、張二公俱怒。歸到縣中，與縣吏商議。吏曰：「督郵作威，無非要賄賂耳。」玄德曰：「我與民秋毫無犯，那得財物與他？」次日，督郵先提縣吏去，勒令指稱縣尉害民。玄德幾番自往求免，俱被門役阻住，不肯放參。

古今地名

安喜：漢末治所在今河北定州

督郵

代表太守督察縣鄉，宣達政令兼司法等。

卻說張飛飲了數杯悶酒，乘馬從館驛前過，見五六十個老人，皆

在門前痛哭。飛問其故，眾老人答曰：「督郵逼勒縣吏，欲害劉公；我等皆來苦告，不得放入，反遭把門人趕打！」張飛大怒，睜圓環眼，咬碎鋼牙，滾鞍下馬，徑入館驛，直奔後堂，見督郵正坐廳上，將縣吏綁倒在地。飛大喝：「害民賊！認得我麼？」督郵未及開言，早被張飛揪住頭髮，扯出館驛，直到縣前馬樁上縛住；攀下柳條，去督郵兩腿上着力鞭打，一連打折柳條十數枝。玄德急喝張飛住手。傍邊轉過關公來，曰：「兄長建許多大功，僅得縣尉，今反被督郵侮辱。吾思枳（zhǐ，粵音指）棘叢中，非棲鸞鳳之所（荊棘亂草，不是鳳凰停留的地方）；不如殺督郵，棄官歸鄉，別圖遠大之計。」玄德乃取印綬，掛於督郵之頸，責之曰：據汝害民，本當殺卻；今姑饒汝命。吾繳還印綬，從此去矣。」督郵歸告定州太守，太守申文省府，差人捕捉。玄德、關、張三人往代州投劉恢。恢見玄德乃漢室宗親，留匿在家不題。

縣尉
縣令佐官，掌治安捕盜。

十常侍
東漢靈帝時把弄朝政的宦官：張讓、趙忠、封諝、段珪、曹節、侯覽、蹇碩、程曠、夏惲、郭勝十人朋比為奸，號為「十常侍」。

卻說十常侍既握重權，互相商議：但有不從己者，誅之。朝政愈壞，人民嗟怨。中平六年夏四月，靈帝病篤，召大將軍何進入宮，商議後事。那何進起身屠家；因妹入宮為貴人，生皇子辯，遂立為皇后。進由是得權重任，欲盡

古今地名
代州：位於今河北西北，山西東北部

誅宦官。（司隸校尉袁紹）曰：「可召四方英雄之士，勒兵來京，盡誅閹豎。此時事急，不容太后不從。」進日：「此計大妙！」便發檄（文書）至各鎮，召赴京師。

袁紹 字本初

袁紹出身於東漢後期一個勢傾天下的官宦世家「汝南袁氏」。從他的高祖父袁安起，袁氏四世之中有五人官拜三公。父親袁逢，官拜司空。叔父袁隗，官拜司徒。伯父袁成，官拜左中郎將，早逝。袁紹庶出，過繼於袁成長房。憑藉世資，年少為郎。

第三回 議温明董卓叱丁原，饋金珠李肅說呂布

何進發檄召諸藩赴京誅宦官。西涼刺史董卓率軍來洛陽。十常侍張讓等利用何太后騙何進入宮時把其誅殺。袁紹、袁術、曹操等入宮盡誅宦官。張讓劫擁少帝和陳留王逃至邙山。追兵趕至，張讓跳崖而亡。袁紹、都亭侯閔貢、司徒王允等尋獲少帝、陳留王，擁帝還京，途遇董卓。

王允 字子師
并州太原祁縣（今山西祁縣）人。

（帝）車駕行不到數里，忽見旌旗（旗幟）蔽日，塵土遮天，一枝人馬到來。百官失色，帝亦大驚。袁紹驟馬出問：「何人？」繡旗影裏，一將飛出，厲聲問：「天子何在？」帝戰慄不能言。陳留王勒馬向前，叱曰：「來者何人？」卓曰：「西涼刺史董卓也。」陳留王曰：「汝來保駕耶，汝來劫駕耶？」卓應曰：「特來保駕。」陳留王曰：「既來保駕，天子在此，何不下馬？」卓大驚，慌忙下馬，拜於道左。陳留王以言撫慰董卓，自初至終，並無失語。卓暗奇之，已懷廢立之意。是日還宮，見何太后，俱各痛哭。檢點宮中，不見了傳國玉璽。

董卓招誘何進兄弟部下之兵，盡歸掌握。私謂李儒曰：

李儒 字文優
董卓女婿和謀士

「吾欲廢帝立陳留王，何如？」李儒曰：「今朝廷無主，不就此時行事，遲則有變矣。來日於溫明園中，召集百官，諭以廢立；有不從者斬之，則威權之行，正在今日。」卓喜。次日大排筵會，遍請公卿。卓曰：「天子為萬民之主，無威儀不可以奉宗廟社稷。今上懦弱，不若陳留王聰明好學，可承大位。吾欲廢帝，立陳留王，諸大臣以為何如？」諸官聽罷，不敢出聲。

古今地名

并州：華夏九州之一，東漢十三州之一，轄區相當於今內蒙古河套、山西太原、大同和河北保定等地區。州治在晉陽（今太原市晉源區）。漢末，內遷於汾河流域的南匈奴攻破太原、河東等郡，佔據了汾河流域中游的太原盆地及環周邊山地區。

座上一人推案直出，立於筵前，大呼：「不可！不可！汝是何人，敢發大語？天子乃先帝嫡子，初無過失，何得妄議廢立！汝欲為篡逆耶？」卓視之，乃并州刺史丁原也。卓怒叱曰：「順我者生，逆我者死！」遂掣（拉，拽）佩劍欲斬丁原。時李儒見丁原背後一人，生得器宇軒昂，威風凜凜，手執方天畫戟，怒目而視。李儒急進曰：「今日飲宴之處，不可談國政；來日向都堂（議論朝事的地方）公論未遲。」眾人皆勸丁原上馬而去。

丁原 字建陽

并州刺史丁原，屯兵於河內郡。他親近、善待呂布，又派遣張楊、張遼等人到京城任職。中平六年（189 年），漢靈帝駕崩，丁原受到大將軍何進徵召，帶兵進入洛陽，謀劃誅殺十常侍，事情敗露，何進被宦官殺死於宮中。董卓率兵進京，欲兼併丁原的部眾，遂誘使丁原所信任的呂布將丁原殺害。

卓問李儒：「此何人也？」儒曰：「此丁原義兒：姓呂，名布，字奉先者也。主公且須避之。」卓曰：「吾觀呂布非常人也。吾若得此人，何慮天下哉！」帳前一人出曰：「主公勿憂。某與呂布同鄉，知其勇而無謀，見利忘義。某憑三寸不爛之舌，説呂布拱手來降，可乎？」卓大喜，觀其人，乃虎賁中郎將李肅也。卓曰：「汝將何以説之？」肅曰：「某聞主公有名馬一匹，號曰赤兔，日行千里。須得此馬，再用金珠，以利結其心。某更進説詞，呂布必反丁原，來投主公矣。」卓欣然與之，更與黃金一千兩、明珠數十顆、玉帶一條。李肅齎（jī，粵音擠。抱着）了禮物，投呂布寨來。肅見布曰：「賢弟別來無恙！」布揖曰：「久不相見，今居何處？」肅曰：「現任虎賁中郎將之職。聞賢弟匡扶社稷，不勝之喜。有良馬一匹，日行千里，渡水登山，如履平地，名曰赤兔：特獻與賢弟，以助虎威。」布便令牽過來看。果然那馬渾身上下，火炭般赤，無半根雜毛；從頭至尾，長一丈；從蹄至項，高八尺；嘶喊咆哮，有騰空入海之狀。布見了此馬，大喜。布置酒相待，酒酣。布曰：「兄在朝廷，觀何人為世之英雄？」肅曰：「某遍觀羣臣，皆不如董卓。」布曰：「某欲從之，恨無門路。」肅取金珠、玉帶列於布前。布驚曰：「何為有此？」肅令叱退左右，告布曰：「此是

呂布 字奉先

五原郡九原（今內蒙古包頭九原區）人，被譽為「馬中有赤兔，人中有呂布」才貌雙全的武將。

李肅

并州五原（今內蒙古包頭市九原區麻池鎮西北）人。

董公久慕大名，特令某將此奉獻。赤兔馬亦董公所贈也。」布曰：「董公如此見愛，某將何以報之？」肅曰：「如某之不才，尚為虎賁中郎將；公若到彼，貴不可言。」布曰：「恨無涓埃之功，以為進見之禮。」肅曰：「功在翻手之間，公不肯為耳。」布沉吟良久曰：「吾欲殺丁原，引軍歸董卓，何如？」肅曰：「賢弟若能如此，真莫大之功也！但事不宜遲，在於速決。」布與肅約於明日來降，肅別去。

是夜二更時分，布提刀徑入丁原帳中，一刀砍下丁原首級。次日，布持丁原首級，往見李肅。肅遂引布見卓。卓大喜，置酒相待。卓先下拜曰：「卓今得將軍，如旱苗之得甘雨也。」布納卓坐而拜之曰：「公若不棄，布請拜為義父。」卓以金甲錦袍賜布，暢飲而散。卓自是威勢越大，自領前將軍事，封弟董旻為左將軍、鄠侯（hù hóu，粵音户猴），封呂布為騎都尉、中郎將、都亭侯。李儒勸卓早定廢立之計。

三國知識長廊

董卓進京

董卓率領的西涼兵原只三千人，人數雖然不多，但本身在邊壤地區久經征伐，很強悍，也很野蠻。董卓又深受西陲邊地的胡化，是一個很殘暴的軍閥。進京後，董卓首先吞掉了原來屬何進及其弟何苗的「部曲」。再運用詭計，安排士兵，乘夜出城，日間再入城，製造成士兵源源不絕進城的假象，又誘使呂布叛殺了原在京師、擁有最大軍事實力的「并州軍」丁原。威迫袁紹和鮑信出走，奪取了二人在中央的兵權。最終整合了軍事力量的優勢，震懾朝中文武大臣及地方大宦，把持了朝政。

第四回 廢漢帝陳留踐位，謀董賊孟德獻刀

中平六年（公元 189 年），董卓不理袁紹反對，廢少帝劉辯，改立陳留王劉協為漢獻帝。袁紹遠走冀州。

卓請陳留王登殿。羣臣朝賀畢，卓命扶何太后並弘農王及帝妃唐氏永安宮閒住，封鎖宮門，禁羣臣無得擅入。可憐少帝四月登基，至九月即被廢。卓所立陳留王協，靈帝中子，即獻帝也；時年九歲。改元初平。董卓為相國，贊拜不名，入朝不趨，劍履上殿*，威福莫比。

卻說少帝與何太后、唐妃困於永安宮中，衣服飲食，漸漸少缺；少帝淚不曾乾。一日，偶見雙燕飛於庭中，遂吟詩一首。詩曰：「嫩草綠凝煙，嫋(niǎo，粵音鳥)嫋雙飛燕。洛水一條青，陌上人稱羨。遠望碧雲深，是吾舊宮殿。何人仗忠義，泄我心中怨！」

董卓時常使人探聽。是日獲得此詩，來呈董卓。卓曰：「怨望作詩，殺之有名矣。」遂命李儒帶武士十人，入宮弒帝。董卓自此每夜入宮，姦淫宮女，夜宿龍牀。嘗引軍出城，

* 入朝不趨，劍履上殿，奏事不名，是劉邦賜給最大功臣蕭何的特殊待遇。到漢末三國魏的董卓、曹操和司馬懿、司馬師父子，這種禮遇已成為權臣的弄政手段了。

行到陽城地方，時當二月，村民社賽，男女皆集。卓命軍士圍住，盡皆殺之，掠婦女財物，裝載車上，懸頭千餘顆於車下，連軫（一輛接一輛）還都，揚言殺賊大勝而回；於城門外焚燒人頭，以婦女財物分散眾軍。

越騎校尉伍孚，字德瑜，見卓殘暴，憤恨不平，嘗於朝服內披小鎧，藏短刀，欲伺便殺卓。一日，卓入朝，孚迎至閣下，拔刀直刺卓。卓氣力大，兩手摳住；呂布便入，揪倒伍孚。卓問曰：「誰教汝反？」孚瞪目大喝曰：「汝非吾君，吾非汝臣，何反之有？汝罪惡盈天，人人願得而誅之！吾恨不車裂汝以謝天下！」卓大怒，命牽出剖剮之。孚至死罵不絕口。董卓自此出入常帶甲士護衛。

時袁紹在渤海，聞知董卓弄權，乃差人齎密書（拿密函）來見王允。書略曰：「卓賊欺天廢主，人不忍言；而公恣（放縱）其跋扈，如不聽聞，豈報國效忠之臣哉？紹今集兵練卒，欲掃清王室，未敢輕動。公若有心，當乘間圖之。如有驅使，即當奉命。」王允得書，尋思無計。一日，於侍班閣子內見舊臣俱在，允曰：「今日老夫賤降，晚間敢屈眾位到舍小酌。」眾官皆曰：「必來祝壽。」

當晚王允設宴後堂，公卿皆至。酒行數巡，王允忽然掩面大哭。眾官驚問曰：「司徒貴誕，何故發悲？」允曰：「今日並非賤降，因欲與眾位一敘，恐董卓見疑，故托言耳。董卓欺主弄權，社稷旦夕難保。想高皇（漢高祖劉邦）誅秦滅楚，奄有（佔領）天下；誰想傳至今日，乃喪於董卓之手：此吾所以哭也。」於是眾官皆哭。坐中，操曰：「操雖不才，願即斷董卓頭，懸之都門，以謝天下。」允避席問曰：「孟德有何高見？」操曰：「近日操屈身以事卓者，實欲乘間圖之耳。今卓頗信操，操因得時近卓。聞司徒有七寶刀一口，願借與操入相府刺殺之，雖死不恨！」允曰：「孟德果有是心，天下幸甚！」允隨取寶刀與之。操藏刀，飲酒畢，即起身辭別眾官而去。

次日，曹操佩着寶刀，來至相府。見董卓坐於牀上，呂布侍立於側。卓曰：「孟德來何遲？」操曰：「馬羸（羸弱）行遲耳。」

卓顧謂布曰：「吾有西涼進來好馬，奉先可親去揀一騎賜與孟德。」布領令而出。操暗忖曰：「此賊合死！」即欲拔刀刺之，懼卓力大，未敢輕動。卓胖大不耐久坐，遂倒身而臥，轉面向內。操又思曰：「此賊當休矣！」急掣寶刀在手，恰待要刺，不想董卓仰面看衣鏡中，照見曹操在背後拔刀，急回身問曰：「孟德何為？」時呂布已牽馬至閣外。操惶遽，乃持刀跪下曰：「操有寶刀一口，獻上恩相。」卓接視之，見其刀長尺餘，七寶嵌飾，極其鋒利，果寶刀也；遂遞與呂布收了。操解鞘付布。卓引操出閣看馬，操謝曰：「願借試一騎。」卓就教與鞍轡。操牽馬出相府，加鞭望東南而去。

布對卓曰：「適來曹操似有行刺之狀，及被喝破，故推獻刀。」卓曰：「吾亦疑之。」卓差獄卒四人往喚操。去了良久，回報曰：「操不曾回寓，乘馬飛出東門。門吏問之，操曰『丞相差我有緊急公事』，縱馬而去矣。」卓大怒，遂令遍行文書，畫影圖形，捉拿曹操：擒獻者，賞千金，封萬戶侯；窩藏者同罪。

且說曹操逃出城外，飛奔譙郡。路經中牟縣，為守關軍士所獲，擒見縣令。至夜分，縣令喚親隨人暗地取出曹操，摒退左右，縣令曰：「孟德此行，將欲何往？」操曰：「吾將歸鄉裏，發矯詔（假傳聖旨），召天下諸侯興兵共誅董卓：吾之願也。」縣令聞言，乃親釋其縛，扶之上坐，再拜曰：「公

古今地名

中牟：今河南鄭州中牟縣。三國時期「官渡之戰」發生地。

真天下忠義之士也！」曹操亦拜，問縣令姓名。縣令曰：「吾姓陳，名宮，字公台。老母妻子，皆在東郡。今感公忠義，願棄一官，從公而逃。」操甚喜。是夜陳宮收拾盤費，與曹操更衣易服，各背劍一口，乘馬投故鄉來。

陳宮字公台

兗州東郡武陽縣（今山東與河南之間）人，後為呂布首席謀士。

至成皋地方，天色向晚。操以鞭指林深處謂宮曰：「此間有一人姓呂，名伯奢，是吾父結義弟兄；就往問家中消息，覓一宿，如何？」宮曰：「最好。」二人至莊前下馬，入見伯奢。奢曰：「我聞朝廷遍行文書，捉汝甚急，汝父已避陳留去了。汝如何得至此？」操告以前事，伯奢拜陳宮曰：「小侄若非使君，曹氏滅門矣。使君寬懷安坐，今晚便可下榻草

曹操出逃洛陽，相關城市分布示意圖

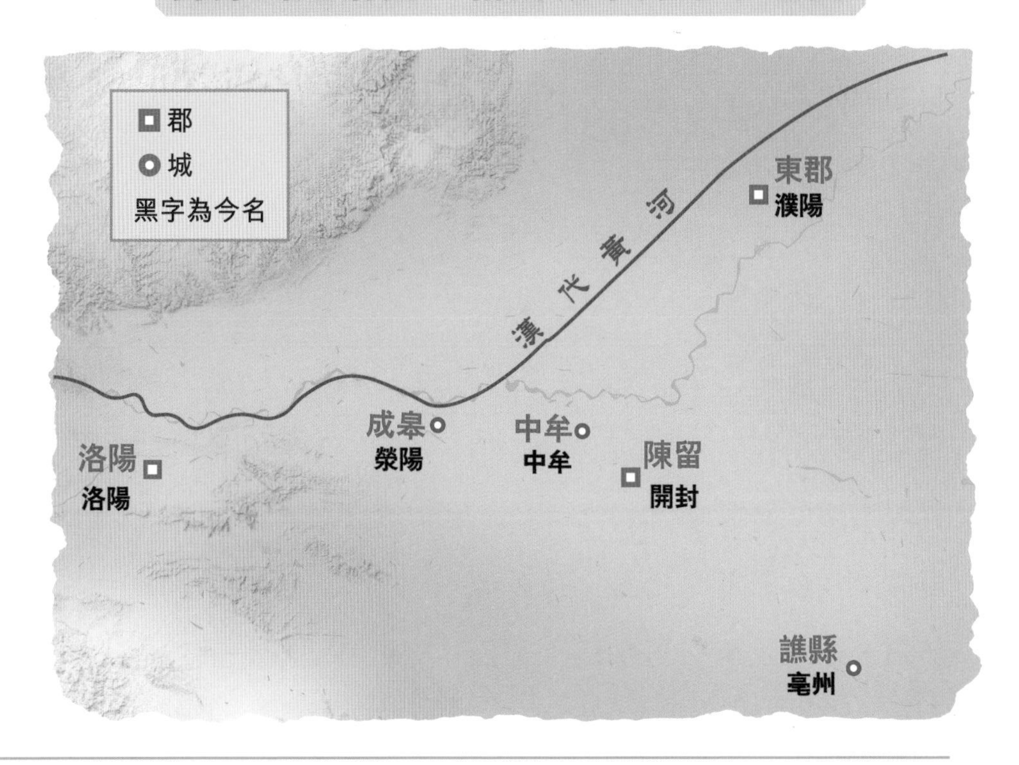

舍。」説罷，即起身入內。良久乃出，謂陳宮曰：「老夫家無好酒，容往西村沽一樽來相待。」言訖，匆匆上驢而去。

操與宮坐久，忽聞莊後有磨刀之聲。操曰：「呂伯奢非吾至親，此去可疑，當竊聽之。」二人潛步入草堂後，但聞人語曰：「縛而殺之，何如？」操曰：「是矣！今若不先下手，必遭擒獲。」遂與宮拔劍直入，不問男女，皆殺之，一連殺死八口。搜至廚下，卻見縛一豬欲殺。宮曰：「孟德心多，誤殺好人矣！」急出莊上馬而行。行不到二里，只見伯奢驢鞍前鞽（qiáo，粵音橋。馬鞍上拱起的部分）懸酒二瓶，手攜果菜而來，叫曰：「賢侄與使君何故便去？」操曰：「被罪之人，不敢久住。」伯奢曰：「吾已吩咐家人宰一豬相款，賢侄、使君何憎一宿？速請轉騎。」操不顧，策馬便行。行不數步，忽揮劍砍伯奢於驢下。宮大驚曰：「適才誤耳，今何為也？」操曰：「伯奢到家，見殺死多人，安肯干休？若

率眾來追，必遭其禍矣。」宮日：「知而故殺，大不義也！」操日：「寧教我負天下人，休教天下人負我。」陳宮默然。

當夜，行數里，月明中敲開客店門投宿。餵飽了馬，曹操先睡。陳宮尋思：「我將謂曹操是好人，棄官跟他；原來是個狼心之徒！今日留之，必為後患。」便欲拔劍來殺曹操。

寧教我負天下人，休教天下人負我

正史《三國志》中並未出現呂伯奢和陳宮，曹操的逃亡也不是因為刺殺董卓未遂，而是不接受董卓的任用而逃亡。

「寧教我負天下人，休教天下人負我」的坊間名言則來自《雜記》：太祖聞其食器聲，以為圖己，遂夜殺之。既而悽愴曰「寧我負人，毋人負我！」遂行。

刺殺董卓一段描述盡顯曹操的機智，但正史並無相關的記載，羅貫中或參考了《魏晉世語》，移花接木。在《魏晉世語》中，曹操所刺殺的是宦官張讓，而非董卓。

第五回 發矯詔諸鎮應曹公，破關兵三英戰呂布

陳宮不欲負上不義之名，終於沒有下手殺曹操，獨自往東郡。曹操獨自往陳留。

曹操至陳留尋見父親，又得陳留巨富衛弘資助，先發矯詔，馳報各道，隨後豎起大旗招集義兵，應募之士，如雨駢集（聚會）。

袁紹得操矯詔，乃聚麾下文武，引兵三萬，離渤海來與曹操會盟。操作檄文以達諸郡。操發檄文去後，各鎮諸侯皆起兵相應。諸路軍馬，多少不等，有三萬者，有一二萬者，各領文官武將，投洛陽來。

操大會諸侯，商議進兵之策。太守王匡曰：「今奉大義，必立盟主；眾聽約束，然後進兵。」操曰：「袁本初四世三公*，門多故吏，漢朝名相之裔，可為盟主。」紹再三推辭，眾皆曰非本初不可，紹方應允。歃血已罷，下壇。紹曰：「吾弟袁術總督糧草，應付

討董檄文
獻帝初平元年（190 年）初，討董矯詔先由東郡太守喬瑁，詐以京師三公移書給州郡，痛陳董卓罪惡，企望義兵以解國難。然後廣陵功曹臧洪首先揭竿起義，動員力量，以圖軍事反抗董卓。由臧洪主持會盟。再遙推袁紹為盟主，組成了「關東討董盟軍」。日後奠定了魏、蜀、吳三國鼎立局面的孫堅、曹操、劉備三人，都曾參與其中。

袁術 字公路

袁紹同父異母的親兄弟。由於袁紹母親僅是個婢女，早年在家中的地位頗見低微，而袁術母親高貴，自己又是嫡子，故而看不起袁紹，兄弟之間矛盾重重。

孫堅 字文台

吳郡富春（今浙江杭州富陽區）人，東吳奠基者孫策和建國者孫權父親。

諸營，無使有缺。更須一人為先鋒，直抵汜水關挑戰。餘各據險要，以為接應。長沙太守孫堅出曰：「堅願為前部。」紹曰：「文台勇烈，可當此任。」堅遂引本部人馬殺奔汜水關來。

堅揮軍直殺至關前，關上矢石如雨。孫堅引兵回至梁東屯住，於袁術處催糧。術不發糧草。孫堅軍缺食，軍中自亂。細作報上關來，李肅為華雄謀曰:「今夜我引一軍從小路下關，襲孫堅寨後，將軍擊其前寨，堅可擒矣。」雄到堅寨時，已是半夜，鼓噪直進。殺至天明，雄方引兵上關。

堅夜遣人報知袁紹。紹急聚眾諸侯商議，忽探子來報：「華雄引鐵騎下關，用長竿挑着孫太守赤幘，來寨前大罵搦戰（挑戰，搦：nuò，粵音匿）。」紹曰：「誰敢去戰？」袁術背後轉出驍將俞涉曰：「小將願往。」紹便着俞涉出馬。即時報來：「俞涉與華雄戰不三合，被華雄斬了。」眾大驚。太守韓馥曰：「吾有上將潘鳳，可斬華雄。」

* 四世三公：汝南袁氏是漢末一個權傾朝野的官宦世家，從袁安起，袁氏四世之中有五人官拜三公，故有此稱。

歷史上的諸侯討董參考圖

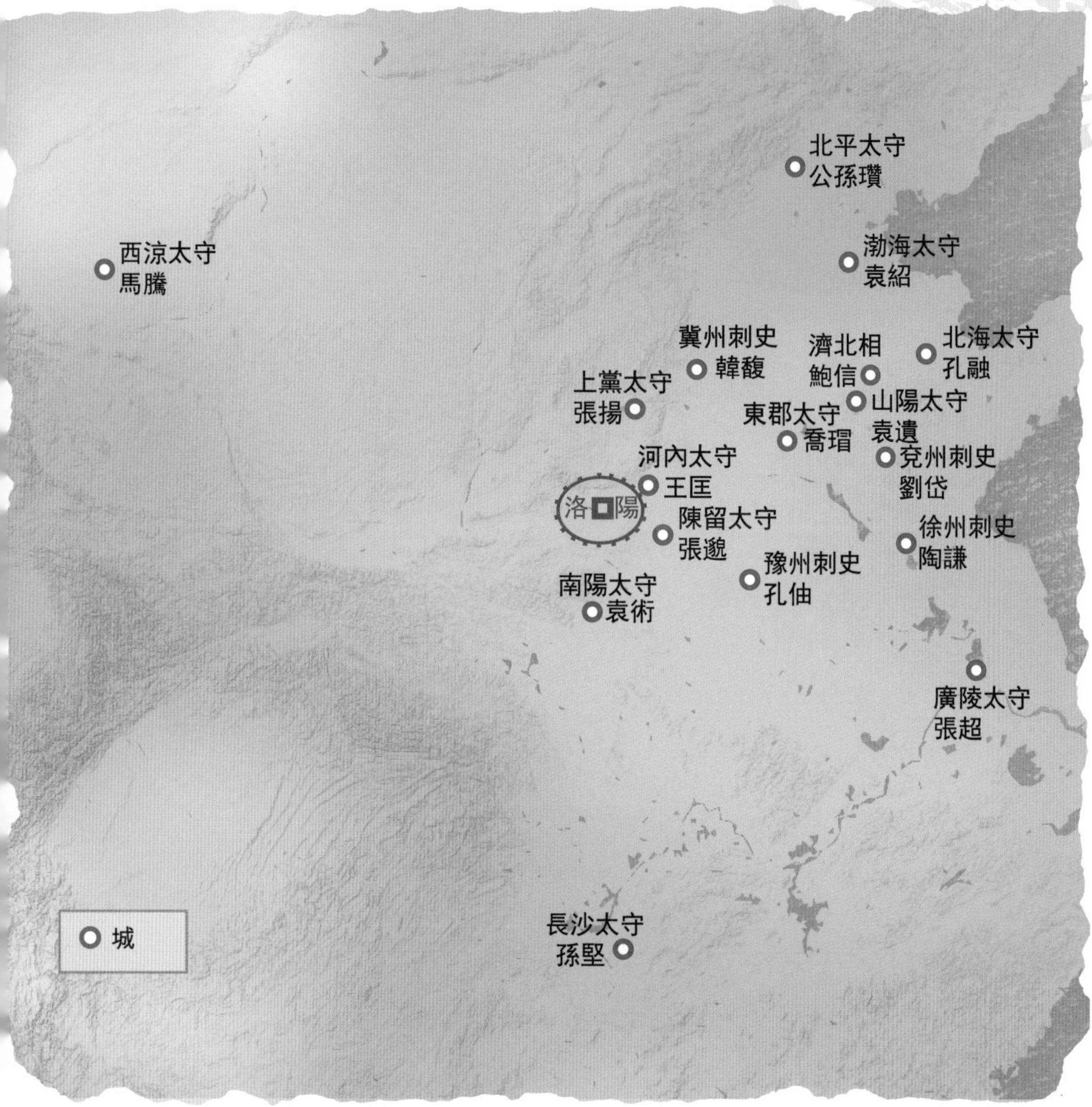

北平太守
公孫瓚
西涼太守
馬騰
渤海太守
袁紹
冀州刺史
韓馥
濟北相
鮑信
北海太守
孔融
上黨太守
張揚
東郡太守
喬瑁
山陽太守
袁遺
河內太守
王匡
兗州刺史
劉岱
洛陽
陳留太守
張邈
徐州刺史
陶謙
豫州刺史
孔伷
南陽太守
袁術
廣陵太守
張超
長沙太守
孫堅
城

紹急令出戰。潘鳳手提大斧上馬。去不多時，飛馬來報：「潘鳳又被華雄斬了。」眾皆失色。階下一人大呼出曰：「小將願往斬華雄頭，獻於帳下！」眾視之，見其人身長九尺，髯長二尺，丹鳳眼，臥蠶眉，面如重棗，聲如巨鐘，立於帳前。紹問何人。公孫瓚曰：「此劉玄德之弟關羽也。」

紹問現居何職。瓚曰：「跟隨劉玄德充馬弓手。」帳上袁術大喝曰：「汝欺吾眾諸侯無大將耶？量一弓手，安敢亂言！與我打出！」曹操急止之曰：「公路息怒。此人既出大言，必有勇略；試教出馬，如其不勝，責之未遲。」關公曰：「如不勝，請斬某頭。」操教釃熱酒一杯，與關公飲了上馬。關公曰：「酒且斟下，某去便來。」出帳提刀，飛身上馬。

眾諸侯聽得關外鼓聲大振，喊聲大舉，如天摧地塌，嶽撼山崩，眾皆失驚。正欲探聽，鸞鈴響處，馬到中軍，雲長提華雄之頭，擲於地上。其酒尚温。後人有詩讚之曰：「威鎮乾坤第一功，轅門畫鼓響冬冬。雲長停盞施英勇，酒尚温時斬華雄。」

董卓急聚李儒、呂布等商議。增兵二十萬，分為兩路而來：一路先令李傕（què，粵音各）、郭汜（sì，粵音似）引兵五萬，把住汜水關，不要廝殺；卓自將十五萬，同李儒、呂布、樊稠、張濟等守虎牢關。這關離洛陽五十里。軍馬到關，卓令呂布領三萬軍，去關前紮住大寨。卓自在關上屯住。

紹乃分王匡、喬瑁、鮑信、袁遺、孫融、張楊、陶謙、公孫瓚八路諸侯，往虎牢關迎敵。操引軍往來救應。八路諸侯，一齊上馬。軍分八隊，布在高岡。遙望呂布一簇軍馬，繡旗招颭，先來衝陣。上黨太守張楊部將穆順，出馬挺槍迎戰，被呂布手起一戟，刺於馬下。眾大驚。北海太守孔融部將武安國，使鐵鍾飛馬而出。呂布揮戟拍馬來迎。戰到十餘合，一戟砍斷安國手腕，棄鍾於地而走。八路軍兵齊出，救了武安國。呂布退回去了。眾諸侯回寨商議。

李傕 字稚然

北地郡（今陝西省高陵區）人，繼董卓之後的權臣。董卓被殺後，一度挾持漢獻帝掌控了東漢朝廷而專政。

郭汜

涼州張掖人，董卓女婿牛輔部下。在董卓與牛輔被殺之後，與李傕等人掌管朝政。

張濟

涼州武威祖厲縣（今甘肅靖遠縣）人。

孔融 字文舉

孔子第二十世孫。魯國曲阜（今山東曲阜）人，三國著名學者和文學家，建安文學七子之一。

正議間，呂布復引兵搦戰。八路諸侯齊出。公孫瓚揮槊親戰呂布。戰不數合，瓚敗走。呂布縱赤兔馬趕來。看看趕上，布舉畫戟望瓚後心便刺。傍邊一將，圓睜環眼，倒豎虎鬚，挺丈八蛇矛，飛馬大叫：「三姓家奴休走！燕人張飛在此！」

> **三姓家奴**
> 呂布本身姓呂，父親早逝，認并州刺史丁原為義父，後殺了丁原，投降董卓，拜為義父，之後為了貂蟬，又不惜殺了董卓；一個生父，兩個義父，呂布歷經三姓，是以稱「三姓」，古代講究從一而終，講究「忠」、「孝」，像呂布這樣的行為很為人不齒，是以被張飛罵為「三姓家奴」。
> 然而歷史中呂布與丁原並非父子，因此並未有三姓家奴之稱。

呂布見了，棄了公孫瓚，便戰張飛。飛抖擻精神，酣戰呂布。連鬥五十餘合，不分勝負。雲長見了，把馬一拍，舞八十二斤青龍偃月刀，來夾攻呂布。三匹馬丁字兒廝殺。戰到三十合，戰不倒呂布。劉玄德掣雙股劍，驟黃鬃馬，刺斜裏也來助戰。這三個圍住呂布。轉燈兒般廝殺。八路人馬，都看得呆了。呂布架隔遮攔不定，看着玄德面上，虛刺一戟，玄德急閃。呂布蕩開陣角，倒拖畫戟，飛馬便回。三個哪裏肯捨，拍馬趕來。八路軍兵，喊聲大震，一齊掩殺。呂布軍馬望關上奔走；玄德、關、張隨後趕來。

三人直趕呂布到關下，看見關上西風飄動青羅傘蓋。張飛大叫：「此必董卓！追呂布有甚強處？不如先拿董賊，便是斬草除根！」拍馬上關，來擒董卓。

歷史上的討董聯軍

關東盟軍在洛陽的北、東、南三面形成包圍的態勢。原本聲勢也不少。不過，結盟的「羣雄」實則各懷鬼胎，對於討伐董卓的實際行動，只是虛張聲勢，無多少行動。作為次要角色的曹操和孫堅，倒是認真地跟董卓的軍隊交過手，可惜兩人都敗於董卓的大將徐榮之手。但他們並不氣餒，再行招集兵馬，繼續對抗董卓軍。

《三國演義》中是有藝術加工的：比如公孫瓚遠在幽州並未參戰；劉關張因黃巾餘孽也返回青州，未曾直面呂布；孫堅的主攻是洛陽南面的軒轅關和大谷關。斬殺華雄的應是孫堅，和關羽無關。

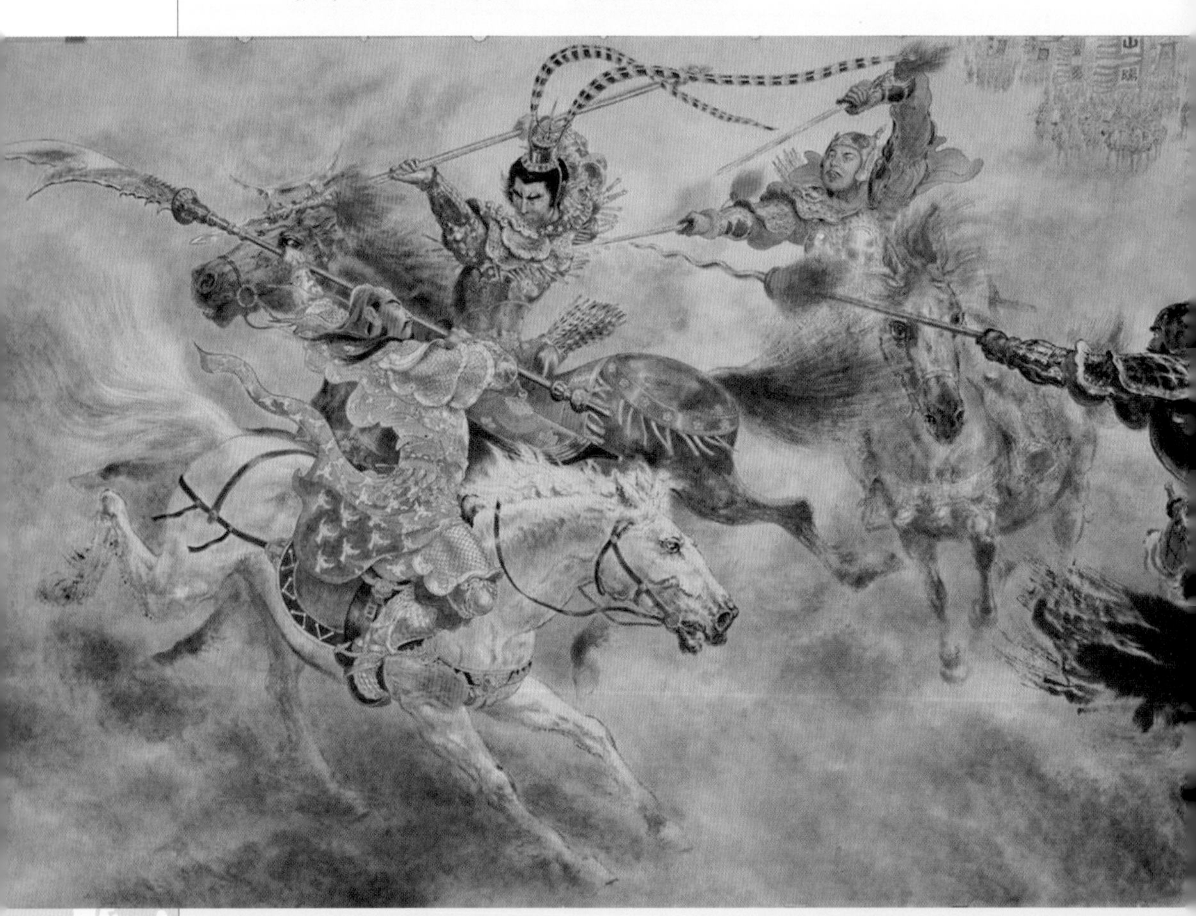

諸侯討董對峙示意圖

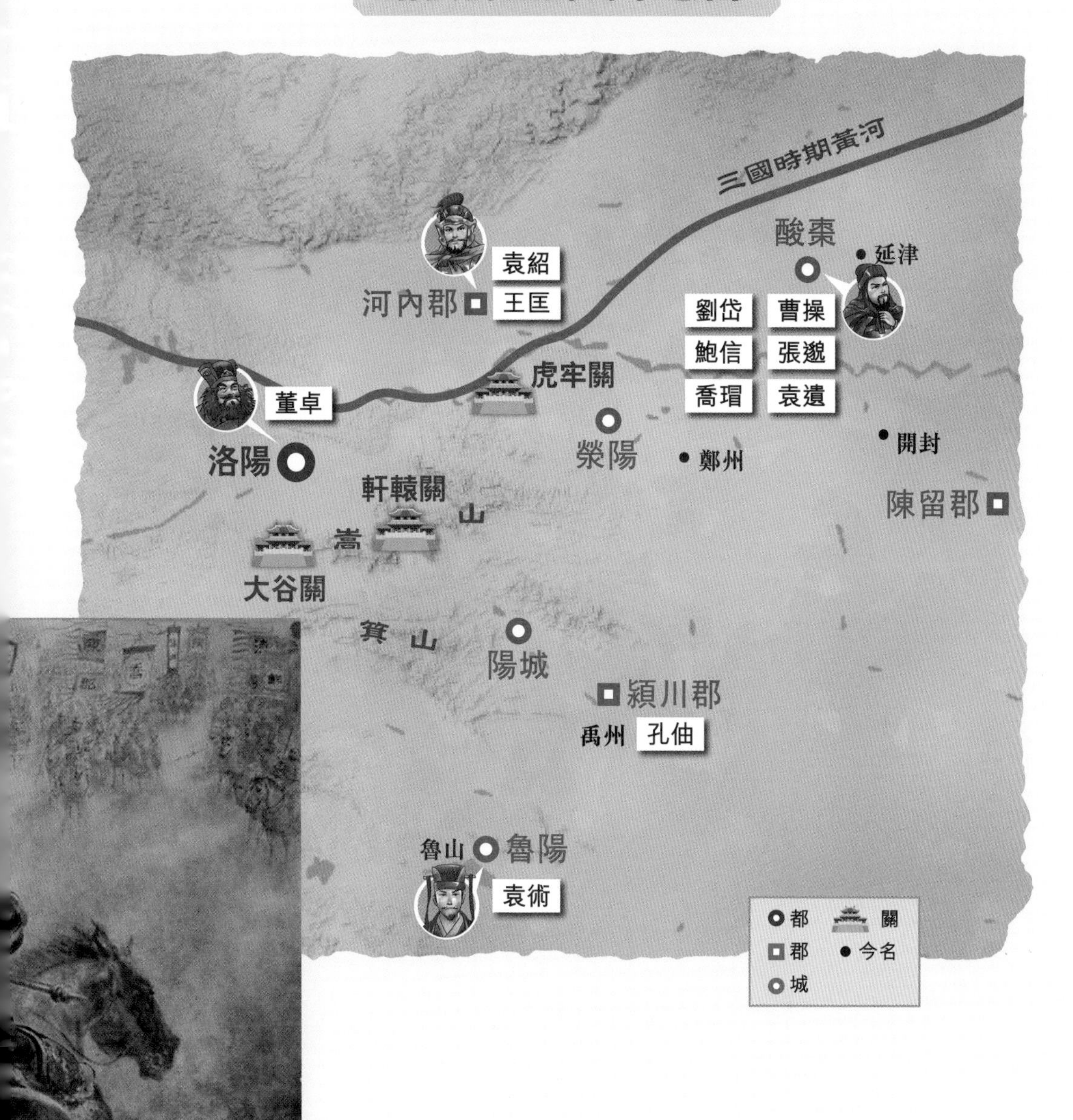

《三英戰呂布》董培新先生畫作

第六回 焚金闕董卓行兇，匿玉璽孫堅背約

有道擒賊先擒王，張飛本欲捉拿董卓，但關上矢石如雨，無功而還。董卓聽李儒建議，退兵回洛陽，遷都長安。

董卓下令奉駕西幸，限來日便行。李儒曰：「今錢糧缺少，洛陽富戶極多，可籍沒入官。但是袁紹等門下，殺其宗黨而抄其家貲（同資，財物），必得巨萬。」卓即差鐵騎五千，遍行捉拿洛陽富戶，共數千家，插旗頭上大書「反臣逆黨」，盡斬於城外，取其金貲。

李傕、郭汜盡驅洛陽之民數百萬口，前赴長安。每百姓一隊，間軍一隊，互相拖押；死於溝壑者，不可勝數。又縱軍士淫人妻女，奪人糧食；啼哭之聲，震動天地。如有行得遲者，背後三千軍催督，軍手執白刃，於路殺人。

卓臨行，教諸門放火，焚燒居民房屋，並放火燒宗廟宮府。南北兩宮，火焰相接；長樂宮廷，盡為焦土。又差呂布發掘先皇及后妃陵寢，取其金寶。軍士乘勢掘官民墳塚殆盡。董卓裝載金珠緞匹好物數千餘車，劫了天子並后妃等，

古今地名

汜水關：即虎牢關，位於今河南滎陽汜水鎮。

竟望長安去了。卻說卓將趙岑，見卓已棄洛陽而去，便獻了汜水關。孫堅驅兵先入。玄德、關、張殺入虎牢關，諸侯各引軍入。

且說孫堅飛奔洛陽，遙望火焰沖天，黑煙鋪地，二三百里，並無雞犬人煙；堅先發兵救滅了火，令眾諸侯各於荒地上屯住軍馬。孫堅救滅宮中餘火，屯兵城內，設帳於建章殿基上。堅令軍士掃除宮殿瓦礫。凡董卓所掘陵寢。盡皆掩閉。於太廟基上，草創殿屋三間，請眾諸侯立列聖神位，宰太牢（帝皇祭祀天地時所用的豬、牛、羊三牲）祀之。祭畢，皆散。堅歸寨中，是夜星月交輝，乃按劍露坐，仰觀天文。見紫微垣（皇帝內苑）中白氣漫漫，堅歎曰：「帝星不明，賊臣亂國，萬民塗炭，京城一空！」言訖，不覺淚下。

正傷心間，有軍士指曰：「殿南有五色毫光起於井中。」

虎牢關隘遺址 **圖片來源：劉煒**

程普 字德謀

右北平土垠（今河北豐潤）人。孫吳三代元勳，江東十二虎臣之首。

堅喚軍士點起火把，下井打撈。見一朱紅小匣，啟視之，乃一玉璽：方圓四寸，上鐫五龍交紐；傍缺一角，以黃金鑲之；上有篆文八字云：「受命於天，既壽永昌。」竟是傳國玉璽！部將程普諫曰：「光武得此寶於宜陽，傳位至今。近聞十常侍作亂，劫少帝出北邙，回宮失此寶。今天授主公，必有登九五之分。此處不可久留，宜速回江東，別圖大事。」堅曰：「汝言正合吾意。明日便當托疾辭歸。」

誰想數中一軍，是袁紹鄉人，連夜偷出營寨，來報袁紹，以求進身之階。次日，孫堅來辭袁紹，袁紹逼問傳國玉璽下落未果，不歡而散。袁紹大怒，遂寫書一封，差心腹人連夜往荊州刺史劉表，教就路上截住奪之。

次日，人報曹操追董卓，戰於滎陽，大敗而回。紹令人接至寨中，會眾置酒，與操解悶。飲宴間，操歎曰：「吾始興大義，為國除賊。諸公既仗義而來，操之初意，欲煩本初引河內之眾，臨孟津、酸棗；諸將固守成皋，據敖倉，塞轘轅、太谷，制其險要；公路率南陽之軍，駐丹、析，入武關，以震三輔。皆深溝高壘，勿與戰，益為疑兵，示天下形勢。以順誅逆，可立定也。今遲疑不進，大失天下之望。操竊恥之！」紹等無言可對。既而席散，操見紹等各懷異心，料不能成事，自引軍投揚州去了。公孫瓚謂玄德、關、張曰：「袁紹無能為也，久必有變。吾等且歸。」遂拔寨北行。至平原，令玄德為平原相，自去守地養軍。兗州太守劉岱，問東郡太守喬瑁借糧。瑁推辭不與，岱引軍突入瑁營，殺死喬瑁，盡降其眾。袁紹見眾人各自分散，就領兵拔寨，離洛陽，投關東去了。

卻說荊州劉表看了袁紹書，隨引兵來截孫堅。表曰：「汝匿傳國璽，將欲反耶？」堅曰：「吾若有此物，死於刀箭之下！」表曰：「汝若要我聽信，將隨軍行李，任我搜看。」堅怒曰：「汝有何力，敢小覷我！」方欲交兵，劉表便退。堅縱馬趕去，兩山後伏兵齊起，將孫堅困在核心。

討董孫堅

歷史上，討伐董卓的關東羣雄中，孫堅軍是唯一一支數次與董卓軍隊進行正面交鋒且取得大勝的軍隊，在曹操兵敗汴水、袁紹遲疑不進、酸棗聯軍瓦解、天下人駐足觀望之際，他的孤軍奮戰卻使藐視天下的董卓如芒在背、倉皇西竄。也使得別的軍閥心生忌恨。當他的孤軍殺入京城，分兵函谷，兵戈西指欲對董卓趕盡殺絕之時，聯軍中的羣雄卻各懷鬼胎，故意按兵不動，天下之勢已經由一起對抗董卓，轉為開拓羣雄自己的領土。董卓討伐戰在沒有得到決定性勝利的情況下，便匆匆結束。

第七回

袁紹磐河戰公孫，孫堅跨江擊劉表

程普、黃蓋、韓當將堅救出。孫堅與劉表結怨。且說袁紹屯兵河內，謀士逢紀獻計，約公孫瓚合攻冀州牧韓馥，事成平分冀州。瓚必興兵，而韓馥必請袁紹領州事。袁紹如其言。果如逢紀所料，袁紹不費一兵一卒，取得冀州。公孫瓚不滿袁紹反悔，領兵殺奔冀州。

紹知瓚兵至，亦領軍出。二軍會於磐河之上。文醜策馬挺槍，直殺上橋。瓚抵擋不住，望山谷而逃，文醜急撚槍來刺。忽見草坡左側轉出個少年將軍，飛馬挺槍，直取文醜。那少年與文醜大戰五六十合，勝負未分。瓚部下救軍到，文醜撥回馬去了。瓚問那少年姓名。那少年欠身答曰：「某乃常山真定人也，姓趙，名雲，字子龍。本袁紹轄下之人。因見紹無忠君救民之心，故特棄彼而投麾下，不期於此處相見。」瓚大喜，遂同歸寨，整頓甲兵。

黃蓋 字公覆

荊州零陵泉陵（今湖南零陵北）人。孫吳三代元勳，江東十二虎臣之一。

韓當 字義公

幽州遼西令支（今河北遷安）人。孫吳三代元勳，江東十二虎臣之一。

古今地名

常山真定：今河北石家莊正定縣

公孫瓚初得趙雲，不知心腹，令其另領一軍在後。遣大將嚴綱為先鋒。瓚自領中軍，立馬橋上。嚴綱鼓噪吶喊，直取（袁將）麴（qū，粵音曲）義。綱被麴義拍馬舞刀，斬於馬下，瓚軍大敗。左右兩軍，欲來救應，都被顏良、文醜引弓弩手射住。麴義引軍直衝到後軍，正撞着趙雲，挺槍躍馬，一槍刺麴義於馬下。趙雲一騎馬飛入紹軍，左衝右突，如入無人之境。公孫瓚引軍殺回，紹軍大敗。

顏良

琅邪臨沂（今山東臨沂）人。袁紹手下猛將之一。

文醜

袁紹部下武將之一。

袁紹忽見趙雲衝到面前，弓箭手急待射時，雲連刺數人，眾軍皆走。後面瓚軍團團圍裹上來。田豐慌對紹曰：「主公且於空牆中躲避！」紹以兜鍪（頭盔。鍪，móu，粵音謀）撲地，大呼曰：「大丈夫願臨陣鬥死，豈可入牆而望活乎！」眾軍士齊心死戰，趙雲衝突不入，紹兵大隊掩至，顏良亦引軍來到，兩路並殺。趙雲保公孫瓚殺透重圍，回到界橋。紹驅兵大進，復趕過橋，落水死者，不計其數。

袁紹當先趕來，不到五里，只聽得山背後喊聲大起，閃出一彪人馬，為首三員大將，乃是劉玄德、關雲長、張翼德。因在平原探知公孫瓚與袁紹相爭，特來助戰。紹驚得魂飛天外，手中寶刀墜於馬下，忙撥馬而逃，眾人死救過橋。公孫瓚亦收軍歸寨。瓚曰：「若非玄德遠來救我，幾乎狼狽。」教與趙雲相見。玄德甚相敬愛，便有不舍之心。

兩軍相拒月餘，有人來長安報知董卓。李儒對卓曰：「袁紹與公孫瓚，亦當今豪傑。現在磐河廝殺，宜假天子之詔，差人往和解之。二人感德，必順太師矣。」卓曰：「善。」次日便使太傅馬日磾、太僕趙岐，齎詔前去。（袁紹，公孫瓚）二人互相講和。（馬日磾，趙岐）二人自回京覆命。

瓚即日班師。玄德與趙雲分別，執手垂淚，不忍相離。雲歎曰：「某曩日（從前）誤認公孫瓚為英雄；今觀所為，亦袁紹等輩耳！」玄德曰：「公且屈身事之，相見有日。」灑淚而別。

卻說袁術在南陽，聞袁紹新得冀州，遣使來求馬千匹。紹不與，術怒。自此兄弟不睦。又遣使往荊州，問劉表借糧二十萬，表亦不與。術恨之，密遣人遺書於孫堅，使伐劉表。

堅克日興師。江中細作探知，來報劉表。表急聚文武將士商議。蒯良（蒯，kuǎi，粵音拐）曰：「不必憂慮。可令黃祖部領江夏之兵為前驅，主公率荊襄之眾為援。孫堅跨江涉湖而來，安能用武乎？」表然之，令黃祖設備，隨後便起大軍。堅臨行，長子孫策隨行，殺奔樊城。

黃祖伏弓弩手於江邊，見船傍岸，亂箭俱發。堅令諸軍不可輕動，只伏於船中來往誘之；一連三日，船數十次傍岸。黃祖軍只顧放箭，

趙雲辭劉備

歷史上趙雲在公孫瓚處時一直在公孫瓚部屬、青州刺史田楷處為劉備掌管騎兵。

古今地名

江夏：今湖北武漢

樊城：今湖北襄陽樊城區

箭已放盡。堅卻拔船上所得之箭，約十數萬。當日正值順風，堅令軍士一齊放箭。岸上支吾（支持）不住，只得退走。堅軍登岸，程普、黃蓋分兵兩路，直取黃祖營寨。背後韓當驅兵大進。三面夾攻，黃祖大敗，棄卻樊城，走入鄧城。程普縱馬直來陣前捉黃祖。黃祖雜於步軍內逃命。孫堅掩殺敗軍，直到漢水，命黃蓋將船隻進泊漢江。

黃祖聚敗軍，來見劉表，備言堅勢不可當。劉表許蔡瑁引軍萬餘，出襄陽城外，於峴山布陣。程普挺鐵脊矛出馬，與蔡瑁交戰。不到數合，蔡瑁敗走。

卻說孫堅分兵四面，圍住襄陽攻打。忽一日，狂風驟起，將中軍帥字旗竿吹折。韓當曰：「此非吉兆，可暫班師。」堅不聽韓當之言，攻城愈急。蒯良謂劉表曰：「某夜觀天象，見一將星欲墜。以分野度之，當應在孫堅。主公可速致書袁紹，求其相助。」劉表寫書，問誰敢突圍而出。健將呂公，應聲願往。蒯良曰：「汝既敢去，可聽吾計：與汝軍馬五百，多帶能射者衝出陣去，即奔峴山。他必引軍來趕，汝分一百人上山，尋石子準備；一百人執弓弩伏於林中。但有追兵到時，不可徑走；可盤旋曲折，引到

蒯良 字子柔

荊州南郡望族之一，190年（初平元年），北軍中候劉表應朝廷命詔赴任荊州刺史，在宜城延請蒯良及其弟蒯越與蔡瑁共謀大事，為劉表定下安撫荊楚的政治方向，佐其成業。與蒯越、以及同樣活躍於襄陽的蒯祺（諸葛亮姐夫）或為同族兄弟。

黃祖

荊州劉表將領。公元192年，其部將暗箭殺死孫堅。

蔡瑁 字德珪

襄陽郡襄陽縣（今湖北襄陽）人。

埋伏之處，矢石俱發。若能取勝，放起連珠號炮，城中便出接應。如無追兵，不可放炮，趲程（趕路）而去。今夜月不甚明，黃昏便可出城。」

呂公領了計策，引兵出城。孫堅在帳中，忽聞喊聲，急上馬，只引三十餘騎趕來。呂公已於山林叢雜去處，上下埋伏。堅馬快，單騎獨來，前軍不遠。堅大叫：「休走！」呂公勒回馬來戰孫堅。交馬只一合，呂公便走，閃入山路去。堅隨後趕入，卻不見了呂公。堅方欲上山，忽然一聲鑼響，山上石子亂下，林中亂箭齊發。堅體中石、箭，腦漿迸流，人馬皆死於峴山之內；壽止三十七歲。

呂公截住三十騎，並皆殺盡，放起連珠號炮。城中黃祖、蒯越、蔡瑁分頭引兵殺出，江東諸軍大亂。黃蓋聽得喊聲震天，引水軍殺來，正迎着黃祖。戰不兩合，生擒黃祖。程普保着孫策，一矛刺呂公於馬下。

劉表軍自入城。孫策回到漢水，方知父親被亂箭射死，屍首已被劉表軍士扛抬入城去了，放聲大哭。眾軍俱號泣。策曰：「父屍在彼，安得回鄉！」黃蓋曰：「今活捉黃祖在此，得一人入城講和，將黃祖去換主公屍首。」言未畢，軍吏桓階出曰：「某與劉表有舊，願入城為使。」策許之。桓階入城見劉表，俱説其事。表曰：「文台屍首、吾已用棺木盛貯在此。可速放回黃祖，兩家各罷兵，再休侵犯。」桓階拜謝。

袁孫之怨

190 年，孫堅北上討董，到魯陽同袁術聯手，袁術上表奏孫堅為破虜將軍，兼領豫州刺史，屯住魯陽。孫堅整備豫州軍積極討董，最終突入大谷關，兵臨洛陽，逼着董卓遷都長安。此時因袁術不贊同袁紹另立新帝的提議，袁氏兄弟因此翻臉決裂，袁紹乘孫堅討董未歸之際改派周昂為豫州刺史，率兵襲取曾作為孫堅豫州刺史治所的陽城。孫堅只得回師自保，自此與袁紹結怨。

第八回

王司徒巧使連環計，董太師大鬧鳳儀亭

董卓在長安聞得孫堅戰死，心腹之患既除，自此愈加驕橫跋扈。

一日，卓出橫門，百官皆送，卓留宴，適北地招安降卒數百人到。卓即命於座前，或斷其手足，或鑿其眼睛，或割其舌，或以大鍋煮之。哀號之聲震天，百官戰慄失箸，卓飲食談笑自若。又一日，卓於省台大會百官，列坐兩行。酒至數巡，呂布徑入，向卓耳邊言不數句，卓笑曰：「原來如此。」命呂布於筵上揪司空張溫下堂。百官失色。不多時，侍從將一紅盤，托張溫頭入獻。百官魂不附體。卓笑曰：「諸公勿驚。張溫結連袁術，欲圖害我，因使人寄書來，錯下在吾兒奉先處。故斬之。公等無故，不必驚畏。」眾官唯唯而散。

司徒王允歸到府中，尋思席間之事，坐不安席。至夜深月明，策杖步入後園，立於荼蘼（花名）架側，仰天垂淚。忽聞有人在牡丹亭畔，長吁短歎。允潛步窺之，乃府中歌伎貂蟬也。其女自幼選入府中，教以歌舞，年方二八，色伎俱佳，允以親女待之。是夜允聽良久，以杖擊地曰：「誰想

漢天下卻在汝手中耶！隨我到畫閣中來。」貂蟬跟允到閣中，允盡叱出婦妾，納貂蟬於坐，叩頭便拜。允跪而言曰：「百姓有倒懸之危，君臣有累卵之急，非汝不能救也。賊臣董卓，將欲篡位；朝中文武，無計可施。董卓有一義兒，姓呂，名布，驍勇異常。我觀二人皆好色之徒，今欲用連環計，先將汝許嫁呂布，後獻與董卓；汝於中取便，諜間他父子反顏，令布殺卓，以絕大惡。重扶社稷，再立江山，皆汝之力也。不知汝意若何？」貂蟬曰：「妾許大人萬死不辭，望即獻妾與彼。妾自有道理。」

貂蟬

《三國志》或《後漢書》等正史並無貂蟬的記載，只記述了呂布之所以殺董卓，原因之一是呂布與董卓的侍婢私通，一直心裏忐忑。元代雜劇才出現了貂蟬的姓名。《三國演義》參考了各版本的雜劇，增強了貂蟬的主動性，讓貂蟬作為王允義女，出於家國義氣，忠義無雙地獻身於東漢朝廷的鋤奸行動。正是演義中大家熟悉的豐滿形象，使得貂蟬這個虛構的人物成為了中國四大美人之一。

次日，便將家藏明珠數顆，令良匠嵌造金冠一頂，使人密送呂布。布親到王允宅致謝。允預備嘉肴美饌，殷勤敬酒。酒至半酣，二青衣引貂蟬豔妝而出。布驚問何人。允曰：「小女貂蟬也。允蒙將軍錯愛，不異至親，故令其與將軍相見。」便命貂蟬與呂布把盞。貂蟬送酒與布。兩下眉來眼去。又飲數杯，允指蟬謂布曰：「吾欲將此女送與將軍為妾，還肯納否？」布出席謝曰：「若得如此，布當效犬馬之報！」允曰：「早晚選一良辰，送至府中。」

布欣喜無限，頻以目視貂蟬。貂蟬亦以秋波送情。

過了數日，允在朝堂，見了董卓，趁呂布不在側，伏地拜請曰：「允欲屈太師車騎，到草舍赴宴，未審鈞意若何？」卓曰：「司徒見招，即當趨赴。」次日晌午，董卓來到。進酒作樂，允極其致敬。天晚酒酣，允請卓入後堂。堂中點上畫燭。允教放下簾櫳，笙簧繚繞，簇捧貂蟬舞於簾外。

舞罷，卓命近前。貂蟬轉入簾內，深深再拜。卓見貂蟬顏色美麗，笑曰：「真神仙中人也！」允起曰：「允欲將此女獻上太師，未審肯容納否？」卓曰：「如此見惠，何以報德？」允曰：「此女得侍太師，其福不淺。」卓再三稱謝。允即命備氈車，先將貂蟬送到相府。卓亦起身告辭。允親送董卓直到相府，然後辭回。

呂布騎馬執戟而來，正與王允撞見，便勒住馬，一把揪住衣襟，厲聲問曰：「有人報我，説你把氈車送貂蟬入相府，是何意故？」允曰：「將軍原來不知！昨日太師在朝堂中，對老夫説：『我有一事，明日要到你家。』允因此準備小宴等候。太師飲酒中間，説：『我聞你有一女，名喚貂蟬，已許吾兒奉先。我恐你言未准，特來相求，並請一見。』老夫不敢有違，隨引貂蟬出拜公公。太師曰：『今日良辰，吾即當取此女回去，配與奉先。』將軍試思：太師親臨，老夫焉敢推阻？」布曰：「司徒少罪。布一時錯見，來日自當負荊。」

次日，呂布徑入堂中，尋問諸侍妾。侍妾對曰：「夜來太師與新人共寢，至今未起。」布大怒，潛入卓臥房後窺探。時貂蟬起於窗下梳頭，忽見窗外池中照一人影，偷眼視之，正是呂布。貂蟬故蹙雙眉，做憂愁不樂之態，復以香羅頻拭眼淚。呂布窺視良久，乃出；少頃，又入。卓已坐於中堂，見布來，問曰：「外面無事乎？」布曰：「無事。」侍立卓側。卓方食，布偷目竊望，見繡簾內一女子往來觀覷，微露半面，以目送情。布知是貂蟬，神魂飄蕩。卓見布如此光景，心中疑忌，曰：「奉先無事且退。」布怏怏而出。

卓偶染小疾，貂蟬衣不解帶，曲意逢迎，卓心意喜。呂布入內問安，正值卓睡。貂蟬於牀後探半身望布，以手指心，又以手指董卓，揮淚不止。布心如碎。卓朦朧雙目，見布注視牀後，目不轉睛；回身一看，見貂蟬立於牀後。卓大怒，叱布曰：「汝敢戲吾愛姬耶！」喚左右逐出，今後不許入堂。呂布怒恨而歸。

卓疾既愈，入朝議事。布乘間提戟出內門，上馬徑投相府，尋見貂蟬。蟬曰：「汝可去後園中鳳儀亭邊等我。」布提戟徑往，立於亭下曲欄之傍。良久，見貂蟬分花拂柳而來，果然如月宮仙子——泣謂布曰：「我雖非王司徒親女，然待之如己出。自見將軍，許侍箕帚（借指為人妻妾）。妾已生平願足。誰想太師起不良之心，將妾淫污，妾恨不即死；止因未與將軍一訣，故且忍辱偷生。今幸得見，妾願畢矣！此身已汙，不得復事英雄；願死於君前，以明妾志！」言訖，手攀曲欄，望荷花池便跳。呂布慌忙抱住，泣曰：「我知汝心久矣！只恨不能共語！」貂蟬手扯布曰：「妾今生不能與君為妻，願相期於來世。」布曰：「我今生不能以汝為妻，非英雄也！」蟬曰：「妾度日如年，願君憐而救之。」布曰：「我今偷空而來，恐老賊見疑，必當速去。」蟬牽其衣曰：「君如此懼怕老賊，妾身無見天日之期矣！」布立住曰：「容我徐圖良策。」貂蟬曰：「妾在深閨，聞將軍之名，如雷灌耳，以為當世一人而已；誰想反受他人之制乎！」言訖，淚下如雨。布羞慚滿面，重複倚戟，回身摟抱貂蟬，用好言安慰。兩個偎偎倚倚，不忍相離。

卻說董卓在殿上，回頭不見呂布，心中懷疑，連忙辭了獻帝，登車回府；卓尋入後園，正見呂布和貂蟬在鳳儀亭下共語，畫戟倚在一邊。卓怒，大喝一聲。布見卓至，大驚，回身便走。卓搶了畫戟，挺着趕來。呂布走得快，卓肥胖趕不上，擲戟刺布。布打戟落地。卓拾戟再趕，布已走遠。卓趕出園門，一人飛奔前來，與卓胸膛相撞，卓倒於地。正是：沖天怒氣高千丈，僕地肥軀做一堆。

《鳳儀亭》
董培新先生畫作

三國知識長廊

董卓西遷

獻帝初平元年（190 年），董卓挾持獻帝和朝廷西遷長安。在長安的董卓，實際上已成為孤立的勢力，朝廷對全國的統治，完全失控。地方州郡大員擁兵自重，王令不行，甚至到了不經朝廷而自授或私相授受州郡將軍的名號。東漢王朝實際上已經崩潰，看如何收拾殘局而已。

經濟萎靡，董卓發行了中國貨幣史上最劣質輕賤之小錢，無內外廓，「五銖」二字夷漫不全，很難辨認。劣幣從而掠奪了大量的民間財富。也正是董卓小錢的不足分量，市場將正常的五銖錢剪開以求同劣幣分量相當，成為俗語「一個錢掰成兩個花」的由來。

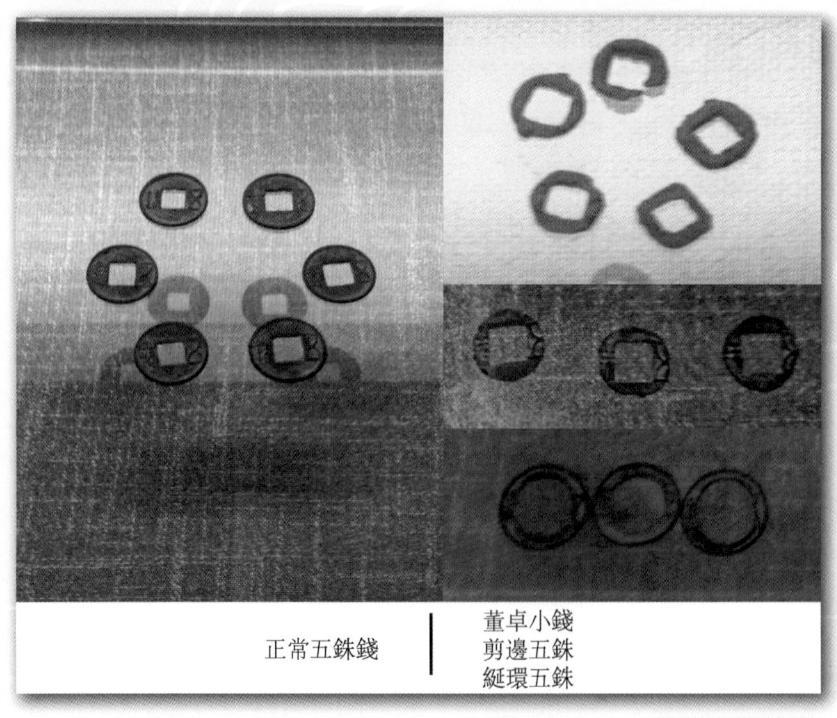

正常五銖錢 | 董卓小錢 剪邊五銖 綖環五銖

攝於許昌博物館

第九回

除暴兇呂布助司徒，犯長安李傕聽賈詡

原來撞倒董卓的人正是李儒。李儒勸董卓把貂蟬賜予呂布，好讓呂布死心塌地效忠他。董卓答應考慮。

卓入後堂，喚貂蟬問曰：「汝何與呂布私通耶？」蟬泣曰：「妾在後園看花，呂布突至。妾方驚避，布曰：『我乃太師之子，何必相避？』提戟趕妾至鳳儀亭。妾見其心不良，恐為所逼，欲投荷池自盡，卻被這廝抱住。正在生死之間，得太師來，救了性命。」董卓曰：「我今將汝賜與呂布，何如？」貂蟬大驚，哭曰：「妾身已事貴人，今忽欲下賜家奴，妾寧死不辱！」遂掣壁間寶劍欲自刎。卓慌奪劍擁抱曰：「吾戲汝！」貂蟬倒於卓懷，掩面大哭曰：「雖蒙太師憐愛，但恐此處不宜久居，必被呂布所害。」卓曰：「吾明日和你歸郿塢＊去，同受快樂，慎勿憂疑。」蟬方收淚拜謝。

董卓即日下令還郿塢，百官俱拜送。貂蟬在車上，遙見呂布於稠人之內，眼望車中。貂蟬虛掩其面，如痛哭之狀。車已去遠，布緩轡於土岡之上，眼望車塵，歎惜痛恨。忽聞

＊郿塢：董卓至長安後，在長安以西250里處建的院邸。

背後一人問曰：「溫侯何不從太師去，乃在此遙望而發歎？」布視之，乃司徒王允也。布曰：「正為公女耳。」允佯驚曰：「許多時尚未與將軍耶？」布曰：「老賊自寵倖久矣！」允佯大驚曰：「不意太師作此禽獸之行！」挽布手曰：「且到寒舍商議。」布隨允歸，又將鳳儀亭相遇之事，細述一遍。允曰：「太師淫吾之女，奪將軍之妻，誠為天下恥笑。非笑太師，笑允與將軍耳！然允老邁無能之輩，不足為道；可惜將軍蓋世英雄，亦受此污辱也！」布怒氣沖天，拍案大叫：「誓當殺此老賊，以雪吾恥！」允急掩其口曰：「將軍勿言，恐累及老夫。」布曰：「吾欲殺此老賊，奈是父子之情，恐惹後人議論。」允微笑曰：「將軍自姓呂，太師自姓董。擲戟之時，豈有父子情耶？」布奮然曰：「非司徒言，布幾自誤！」允見其意已決，便說之曰：「將軍若扶漢室，乃忠臣也，青史傳名，流芳百世；將軍若助董卓，乃反臣也，載之史筆，遺臭萬年。」布避席下拜曰：「布意已決，司徒勿疑。」允曰：「但恐事或不成，反招大禍。」布拔帶刀，刺臂出血為誓。允跪謝曰：「漢祀不斬（漢室傳承不斷），皆出將軍之賜也。切勿洩漏！臨期有計，自當相報。」布慨諾而去。

允即請僕射士孫瑞、司隸校尉黃琬商議。瑞曰：「方今主上有疾新愈，可遣一能言之人，往郿塢請卓議事；一面以天子密詔付呂布，使伏甲兵於朝門之內，引卓入誅之：此上策也。」允曰：「善。」請呂布共議。（呂布）使人密請（李）

肅至。布曰：「昔日公説布使殺丁建陽而投董卓；今卓上欺天子，下虐生靈，罪惡貫盈，人神共憤。公可傳天子詔往郿塢，宣卓入朝，伏兵誅之，力扶漢室，共作忠臣。尊意若何？」肅曰：「我亦欲除此賊久矣，恨無同心者耳。今將軍若此，是天賜也，肅豈敢有二心！」遂折箭為誓。

次日，李肅引十數騎，前到郿塢。李肅入拜。卓曰：「天子有何詔？」肅曰：「天子病體新痊，欲會文武於未央殿，議將禪位於太師，故有此詔。」卓大喜，遂辭母而行。臨行，謂貂蟬曰：「吾為天子，當立汝為貴妃。」貂蟬已明知就裏，假作歡喜拜謝。

卓進朝，遙見王允等各執寶劍立於殿門，驚問肅曰：「持劍是何意？」肅不應，推車直入。王允大呼曰：「反賊至此，武士何在？」兩旁轉出百餘人，持戟挺槊刺之。卓裒甲（穿在衣內的鎧甲）不入，傷臂墜車，大呼曰：「吾兒奉先何在？」呂布從車後厲聲出曰：「有詔討賊！」一鼓直刺咽喉，李肅早割頭在手。呂布左手持戟，右手懷中取詔，大呼曰：「奉詔討賊臣董卓，其餘不問！」將吏皆呼萬歲。

王允將董卓屍首，號令通衢（號令天下）。卓屍肥胖，看屍軍士以火置其臍中為燈，膏流滿地。百姓過者，莫不手擲其頭，足踐其屍。

卻説李傕、郭汜、張濟、樊稠聞董卓已死，呂布將至，便引了飛熊軍連夜奔涼州去了。呂布至郿塢，先取了貂蟬。

皇甫嵩命將塢中所藏良家子女，盡行釋放。但系董卓親屬，不分老幼，悉皆誅戮。

李傕、郭汜、張濟、樊稠上表求赦。王允曰：「卓之跋扈，皆此四人助之；今雖大赦天下，獨不赦此四人。」使者回報李傕。謀士賈詡曰：「不若殺入長安與董卓報仇。事濟，奉朝廷以正天下。」傕等然其説，聚眾十餘萬殺奔長安來。董卓餘黨在城中為賊內應，偷開城門，四路賊軍一齊擁入。呂布左衝右突，攔擋不住，只得棄卻家小，引百餘騎飛奔出關，投袁術去了。

賈詡 字文和

武威姑臧（今甘肅武威）人。東漢末年重要謀士，曹魏開國功臣。

李傕、郭汜縱兵大掠，圍繞內庭，把王允殺於樓下。眾賊殺了王允，一面又差人將王允宗族老幼，盡行殺害。士民無不下淚。當下李傕、郭汜尋思曰：「既到這裏，不殺天子謀大事，更待何時？」便持劍大呼，殺入內來。

漢墓中的壁畫上的塢堡

照片來源：劉煒

王允主政

董卓死後，王允執政。本可穩定朝局。可惜，王允性格剛愎自用、氣量仄狹，不懂政治策略，也不擅於權謀。主政後，凡親近董卓的，固然被誅殺掉，連同被迫依附董卓的，也不放過。如享譽甚隆的著名學者、蔡文姬的父親蔡邕，聽聞董卓被誅，只是歎息了一聲，竟被下獄至死。王允又不懂安撫和處理仍然手握重兵的董卓部下，終於引發董卓部將李傕、郭汜的反叛。自此的兩年多，李傕和郭汜等，掌控了朝廷，而中央再陷入西涼兵為主的軍閥相互爭權的仇殺中，令東漢局面更不可收拾。

莊園同塢堡

莊園，是西漢以來，日趨嚴重的土地兼併而形成的一種經濟生產和社會生活方式。財貨的高度集中，失去了土地的百姓和流民，要依附和隸屬於豪族的社會狀況。這也是東漢地方勢力愈來愈膨脹，慢慢形成了動搖中央朝廷統治的因素。莊園又建「塢堡」以作戎衛保護。具備了完整的農耕、養殖捕魚、圍獵放牧農牧漁林，以至釀酒、紡織等各種手工業作坊的生產形式。成為一種封閉式、自給自足的經濟實體。

第十回

勤王室馬騰舉義，報父仇曹操興師

王允被殺。李傕、郭汜繼續挾持獻帝把弄朝政。西涼馬騰、并州韓遂來襲。謀士賈詡建議深溝高壘，堅守對抗，不出百日，兩軍糧盡退兵，才引兵追之。

李傕、郭汜用其計，只緊守關防，由他搦戰，並不出迎。果然西涼軍未及兩月，糧草俱乏，拔寨退軍。李傕、郭汜令張濟引軍趕馬騰，樊稠引軍趕韓遂，西涼軍大敗。李傕、郭汜自戰敗西涼兵，諸侯莫敢誰何。

自是朝廷微有生意。不想青州黃巾又起，聚眾數十萬，頭目不等，劫掠良民。太僕朱儁保舉曹孟德討賊。李傕大喜，星夜草詔，差人齎往東郡，命曹操與濟北相鮑信一同破賊。

操領了聖旨，會合鮑信，一同興兵，擊賊於壽陽。鮑信殺入重地，為賊所害。操追趕賊兵，直到濟北，降者數萬。操即用賊為前驅，兵馬到處，無不降順。不過百餘日，招安到降兵三十餘萬、男女百餘萬口。操擇精鋭者，號為「青州兵」，其餘盡令歸農。捷書報到長安，朝廷加曹操為鎮東將軍。

操在兗（yǎn，粵音演）州招賢納士。荀彧（yù，粵音郁）、荀攸（yōu，粵音由）、程昱、郭嘉、劉曄、滿寵、呂虔、毛玠。更收得于禁、典韋。自是曹操部下文有謀臣，武有猛將，威鎮山東。

（操）遣泰山太守應劭，往瑯琊郡取父曹嵩。當日接了書信，便與弟曹德及一家老小四十餘人，帶從者百餘人，車百餘輛，徑望兗州而來。道經徐州，太守陶謙，字恭祖，為人溫厚純篤，向欲結納曹操，正無其由；知操父經過，

古今地名

瑯琊：今山東青島臨沂境內

荀彧 字文若

潁川郡潁陰縣（今河南許昌市魏都）人。荀彧是曹操統一北方的首席謀臣和功臣。在建計、密謀、匡弼、舉人等方面多有建樹，被曹操稱為「吾之子房」。後因反對曹操稱魏公，被調離中樞，於壽春憂鬱而亡。曹操送空盒逼其服毒的說法來自《魏氏春秋》。

荀攸 字公達

潁川郡潁陰縣人。荀彧堂侄，曹操重要謀士。

曹操入主兗州

初平三年（192 年）夏，青州再起黃巾賊，拖百萬之眾，攻入兗州。兗州牧劉岱未聽濟北相鮑信勸諫，引兵出戰，被黃巾所殺。在如此危急的情勢下，鮑信和州吏萬潛、陳宮等，到東郡迎曹操來擔任兗州牧。於是曹操領兵進擊黃巾賊，在壽張以東（今山東陽谷縣）鮑信力戰而死。曹操用盡全力，才擊破賊兵。隨後追擊黃巾賊，決戰於濟北，黃巾賊人求降。

投降黃巾其中數萬身強體健者，被曹操編成為具有相對獨立性的「青州兵」。其他降者則專心從事農業生產，作後方補給。與此同時，青州兵朝着父子相繼、世代為兵的職業化、世兵化方向發展。自此，在曹操的有生之年，青州軍一直都是曹操手上的一張王牌，戰場上的中流砥柱。

遂出境迎接，再拜致敬，大設筵宴，款待兩日。曹嵩要行，陶謙親送出郭，特差都尉張闓（kǎi，粵音海），將部兵五百護送。曹嵩率家小行到華、費間，時夏末秋初，大雨驟至，只得投一古寺歇宿。張闓喚手下頭目於靜處商議曰：「我們本是黃巾餘黨，勉強降順陶謙，未有好處。如今曹家輜重車輛無數，你們欲得富貴不難，只就今夜三更，大家砍將入去，把曹嵩一家殺了，取了財物，同往山中落草。此計何如？」眾皆應允。是夜風雨未息，張闓殺盡曹嵩全家，取了財物，放火燒寺，與五百人逃奔淮南去了。後人有詩曰：「曹操奸雄世所誇，曾將呂氏殺全家。如今闔戶逢人殺，天理迴圈報不差。」

操聞之，哭倒於地。眾人救起。操切齒曰：「陶謙縱兵殺吾父，此仇不共戴天！吾今悉起大軍，洗蕩徐州，方雪吾恨！」操令：但得城池，將城中百姓，盡行屠戮，以雪父仇。

陶謙與眾計議曰：「曹兵勢大難敵，

程昱 字仲德
兗州東郡東阿（今山東聊城市東阿縣）人。

郭嘉 字奉孝
川陽翟（今河南禹縣）人。是曹操主要謀士之一。

劉曄 字子揚
淮南郡成德（今安徽壽縣南）人。

滿寵 字伯寧
山陽昌邑（今山東鉅野縣）人。

呂虔 字子恪
任城（今山東濟寧東南）人。

毛玠 字孝先
陳留平丘（今河南封丘）人。

于禁 字文則
泰山鉅平（今山東泰安）人。曹魏五子良將之一。

典韋
陳留己吾（今河南寧陵縣黃崗鄉己吾城村）人。

陶謙 字恭祖
丹陽郡丹陽縣（今安徽馬鞍山市博望區）人。

吾當自縛往操營，任其剖割，以救徐州一郡百姓之命。」言未絕，一人進前言曰：「府君久鎮徐州，人民感恩。今曹兵雖眾，未能即破我城。府君與百姓堅守勿出；某雖不才，願施小策，教曹操死無葬身之地！」眾人大驚，便問計將安出。

三國知識長廊

譙縣曹氏

曹操的成功，與他的祖父、父親有很大的關係。曹操祖父曹騰為東漢末年歷經五帝的大宦官，被封為費亭侯，在皇宮裏擔任大千秋（近侍官總首領）。生父曹嵩為曹騰的養子，曹騰死後承襲了曹騰的封爵。漢靈帝時期，曹嵩被拜為大鴻臚、大司農，先後掌管國家財政禮儀，位列九卿。後來漢靈帝賣官求財，就花錢買來太尉的職位。

189 年，曹操起兵反董卓，曹嵩怕致家禍，遂避難琅琊卞遠（曹操岳父）處。興平元年（194 年），曹操在兗州時，曹嵩和少子曹德去投奔曹操。據《吳書》記載，曹嵩一行攜帶大量家財同行，結果被陶謙的手下見財起意，殺人越貨。陶謙並不知情。

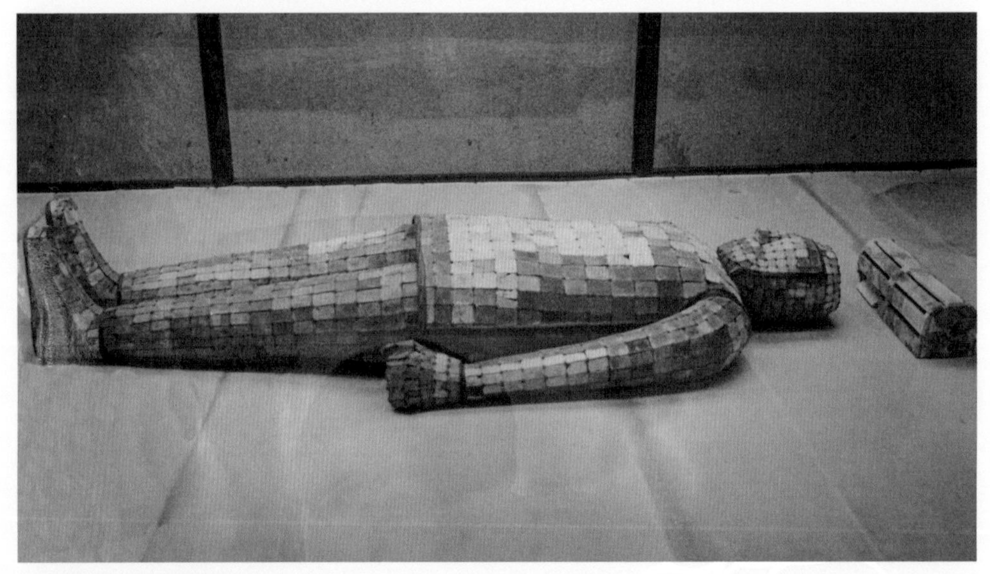

曹騰墓中的銀縷玉衣

安徽省亳州市 曹氏墓羣 曹騰墓

第十一回 劉皇叔北海救孔融，呂温侯濮陽破曹操

原來獻計之人乃徐州富豪糜竺。他建議陶謙向孔融和田楷求救。若兩人聯手來救，曹操必定退軍。糜竺願親往北海求孔融起兵救援。謙從之，糜竺往北海，另派陳登往青州向田楷求援。

卻說北海孔融正與客坐，人報徐州糜竺至。融請入見，問其來意，竺出陶謙書。正商議間，忽報黃巾賊黨管亥部領羣寇數萬殺奔前來。孔融大驚，急點本部人馬，出城與賊迎戰。管亥分兵四面圍城，孔融心中鬱悶。糜竺懷愁，更不可言。

次日，忽見城外一人挺槍躍馬殺入賊陣，左衝右突，如入無人之境，直到城下，大叫「開門」。孔融不識其人，不敢開門。賊眾趕到壕邊，那人回身連搠十數人下馬，賊眾倒退，融急命開門引入。其人下馬棄槍，徑到城上，拜見孔融。融問其姓名，對曰：「某東萊黃縣人也，複姓太史，名慈，字子義。老母重蒙恩顧。某昨自遼東回家省親，知賊寇城。老母說：『屢受府

陳登 字元龍

徐州下邳淮浦縣（今江蘇漣水縣）人。

糜竺 字子仲

徐州東海朐（今江蘇連雲港）人，劉備重臣。

君深恩，汝當往救。』某故單馬而來。」孔融大喜。原來孔融與太史慈雖未識面，卻曉得他是個英雄。因他遠出，有老母住在離城二十里之外，融常使人遺以粟帛；母感融德，故特使慈來救。

融曰：「吾聞劉玄德乃當世英雄，若請得他來相救，此圍自解。只無人可使耳。」慈曰：「府君修書，某當急往。」融喜，修書付慈。慈星夜投平原*來見劉玄德。施禮罷，俱言孔北海被圍求救之事，呈上書劄。玄德看畢，斂容答曰：「孔北海知世間有劉備耶？」乃同雲長、翼德點精兵三千，往北海郡進發。

劉備救北海

劉備當時屬於公孫瓚的麾下，公孫瓚為爭奪北方霸主，遣劉備屯住平原，隸屬公孫瓚任命的青州刺史田楷帳下。劉備救北海一事在《三國志．太史慈》中記載：「即遣精兵三千人隨慈。賊聞兵至，解圍散走。」劉備當時名聲不顯，孔融求救時他還引以為榮，記入《太史慈傳》之下。太史慈為報孔融照顧老母之恩，以身犯險，幫孔融求救，可以充分體現太史慈孝順、知恩圖報、智勇雙全、善於辭令的形象。這也算是紀傳體史書一個常用的手法。

玄德與關、張、太史慈兩下夾攻，大敗羣賊，降者無數，餘黨潰散。孔融迎接玄德入城，敘禮畢，大設筵宴慶賀。又引糜竺來見玄德，俱言張闓殺曹嵩之事。玄德曰：「既如此，請文舉先行，容備去公孫瓚處，借三五千人馬，隨後

*縣令、縣長、相
縣令是縣級的行政長官，但如果轄區的户籍人口少則稱為縣長。另外漢朝除了郡縣制也存在對皇室的分封，封地多為一郡稱之為「國」。封國的實際行政長官稱為「相」，級別等同於郡守。劉備時任「平原相」即是這種情況。

便來。」

糜竺回報陶謙，言北海又請得劉玄德來助；陳元龍也回報青州田楷欣然領兵來救；陶謙心安。曹操見兩路軍到，亦不敢向前攻城。

卻說劉玄德軍到，玄德、張飛引一千人馬殺入曹兵寨邊。張飛當前追殺，直到徐州城下。城上望見紅旗白字，大書「平原劉玄德」，陶謙急令開門。玄德入城，陶謙接着，共到府衙。禮畢，設宴相待，一壁勞軍。

陶謙見玄德儀表軒昂，語言豁達，心中大喜，便命糜竺取徐州牌印，讓與玄德。玄德愕然曰：「公何意也？」謙曰：「今天下擾亂，王綱不振；公乃漢室宗親，正宜力扶社稷。老夫年邁無能，情願將徐州相讓。公勿推辭。謙當自寫表文，申奏朝廷。」玄德哪裏肯受。糜竺進曰：「今兵臨城下，且當商議退敵之策。待事平之日，再當相讓可也。」玄德曰：「備生遺書於曹操，勸令解和。操若不從，廝殺未遲。」於是傳檄三寨，且執兵不動；遣人齎書以達曹操。

卻說曹操正在軍中，與諸將議事，人報徐州有戰書到。操拆而觀之。大罵：「劉備何人，敢以書來勸我！且中間有

劉備入徐州

劉備離開討董聯軍後投奔公孫瓚。公孫瓚表劉備為別部司馬（超出編制的軍事編制不設校尉，而稱司馬），隨後派遣劉備協助青州牧田楷對抗袁紹。留在小沛的劉備實際上是脱離了公孫瓚的陣營，以徐州的新身分，結好袁紹，在袁紹公孫瓚之間兩不相幫。

譏諷之意！」（正欲）竭力攻城，忽流星馬飛報禍事。報說呂布已襲破兗州，進據濮陽。只有鄄城、東阿、範縣三處，被荀彧、程昱設計死守得全，其餘俱破。曹仁屢戰，皆不能勝，特此告急。操聞報大驚曰：「兗州有失，使吾無家可歸矣，不可不亟圖之！」郭嘉曰：「主公正好賣個人情與劉備，退軍去復兗州。」操然之，即時答書與劉備，拔寨退兵。

古今地名

濮陽：今河南濮陽市，河南、山東兩省交界處。

荀彧 字文若

潁川郡潁陰縣（今河南許昌市魏都）人。荀彧是曹操統一北方的首席謀臣和功臣。在建計、密謀、匡弼、舉人等方面多有建樹，被曹操稱為「吾之子房」。後因反對曹操稱魏公，被調離中樞，於壽春憂鬱而亡。曹操送空盒逼其服毒的說法來自於《魏氏春秋》。

程昱 字仲德

兗州東郡東阿（今山東聊城東阿縣）人。

曹仁 字子孝

沛國譙縣（今安徽亳州）人。曹操族弟。

且說來使回徐州，入城見陶謙，言曹兵已退。謙大喜，差人請孔融、田楷、雲長、子龍等赴城大會。飲宴既畢，謙延玄德於上座，拱手對眾曰：「老夫年邁，二子不才，不堪國家重任。劉公乃帝室之胄，德廣才高，可領徐州。老夫情願乞閒養病。」玄德只是不受。陶謙曰：「如玄德必不肯從，此間近邑，名曰小沛，足可屯軍，請玄德暫駐軍此邑，以保徐州。何如？」眾皆勸玄德留小沛，玄德從之。

陶謙勞軍已畢，趙雲辭去，玄德執手揮淚而別。孔融、田楷亦各相別，引軍自回。玄德與關、張引本部軍來至小沛，修葺城垣，撫諭居民。

卻說曹操回軍，曹仁接着，言呂布勢大，更有陳宮為輔，

兗州、濮陽已失，其鄄城、東阿、範縣三處，賴荀彧、程昱二人死守城郭。操曰：「吾料呂布有勇無謀，不足慮也。」教且安營下寨，再作商議。呂布知曹操回兵，已過滕縣，召副將薛蘭、李封守兗州，自率兵屯濮陽。

曹操兵近濮陽，下住寨腳。次日，引眾將出，陳兵於野。

操立馬於門旗下，遙望呂布兵到。布軍五萬，鼓聲大震。呂布掩殺，曹軍大敗，退三四十里。布自收軍。

曹操於黃昏時分，引軍至西寨，四面突入。寨兵不能抵擋，四散奔走，曹操奪了寨。將及天明，人報呂布自引救軍來了。操棄寨而走。于禁、樂進雙戰呂布不往。眾將死戰。梆子響處，箭如驟雨射將來。操不能前進，無計可脫，大叫：「誰人救我！」馬軍隊裏，一將踴出，乃典韋也，手挺雙鐵戟，大叫：「主公勿憂！」飛身下馬，插住雙戟，取短戟十數支，挾在手中，顧從人曰：「賊來十步乃呼我！」遂放開腳步，冒箭前行。布軍數十騎追至。從人大叫曰：「十步矣！」韋曰：「五步乃呼我！」從人又曰：「五步矣！」韋乃飛戟刺之，一戟一人墜馬，並無虛發，立殺十數人。眾皆奔走。韋

樂進 字文謙

兗州陽平郡衞國縣（今山東莘縣）人。曹魏五子良將之一。

典韋

陳留己吾（今河南寧陵縣黃崗鄉己吾城村）人。

復飛身上馬，殺散敵軍，救出曹操。呂布驟馬提戟趕來，大叫：「操賊休走！」

呂布入兗州

陳宮在歷史上的出場並未如演義中那樣。在曹操任職東郡太守時候才出仕曹操。192 年，黃巾餘孽入寇兗州，陳宮通過外交手段，幫助曹操成功入主兗州，遂成為曹操心腹。

194 年，曹操興兵征討徐州，屠戮過重，加之曹操殺了出言譏諷的名士邊讓全家老小，引起兗州士人的恐懼及不滿。於是東郡留守陳宮、陳留太守張邈、張邈之弟張超、從事中郎許汜及王楷等同謀叛亂，引領呂布進入兗州為主，一時之間兗州數郡郡守皆回應起事，僅餘鄄城、範城、東阿三座縣城尚屬曹操領地。一時曾數度擊敗曹操，然而最終仍不敵曹軍巧妙運用計謀與戰術擊敗，被迫與呂布逃往徐州投靠劉備。

第十二回

陶恭祖三讓徐州，曹孟德大戰呂布

幸夏侯惇救出曹操。時大雨如注，各自引軍回寨。初時，曹操一再敗於呂布，但呂布最終不敵曹軍計謀與戰術，敗走。劉備接受陶謙之邀，屯軍小沛不久，陶謙病逝，徐州將領和百姓再三懇求劉備統領徐州。

卻說陶謙在徐州，時年已六十三歲，忽然染病，看看沉重，請糜竺、陳登議事。使人來小沛，請劉玄德商議軍務。玄德引關、張帶數十騎到徐州，陶謙教請入臥內。玄德問安畢，謙曰：「請玄德公來，不為別事：止因老夫病已危篤，朝夕難保；萬望明公可憐漢家城池為重，受取徐州牌印，老夫死亦瞑目矣！」玄德曰：「君有二子，何不傳之？」謙曰：「長子商，次子應，其才皆不堪任。老夫死後，猶望明公教誨，切勿令掌州事。」玄德曰：「備一身安能當此大任？」謙曰：「某舉一人，可為公輔：系北海人，姓孫，名乾，字公祐。此人可使為從事。」又謂糜竺曰：「劉公當世人傑，汝當善事之。」玄德終是推託，陶謙以手指心而死。眾軍舉哀畢，即捧牌印交送玄德。玄德固辭。次日，徐州百姓，擁擠府前哭拜曰：「劉使君若不領此郡，我等皆不能安生矣！」關、張二公亦再三相勸。玄德乃許權領徐州事；使孫乾、糜竺為輔，陳登為幕官；盡取小沛軍馬入城，出榜安民；一面安排喪事。玄德與大小軍士，盡皆掛孝，大設祭奠祭畢，葬於黃河之原。將陶謙遺表，申奏朝廷。

操在鄄城，知陶謙已死，劉玄德領徐州牧，大怒曰：「我仇未報，汝不費半箭之功，坐得徐州！吾必先殺劉備，後戮謙屍，以雪先君之怨！」即傳號令，克日起兵去打徐州。荀彧入諫曰：「昔高祖保關中，光武據河內，皆深根固本以制天下，進足以勝敵，退足以堅守，故雖有困，終濟大業。明公本首事兗州，且河、濟乃天下之要地，是亦昔之關中、河內也。今若取徐州，多留兵則不足用，少留兵則呂布乘虛寇之，是無兗州也。若徐州不得，明公安所歸乎？今陶謙雖死，已有劉備守之。徐州之民，既已服備，必助備死戰。明公棄兗州而取徐州，是棄大而就小，去本而求末，以安而易危也。願熟思之。」操曰：「今歲荒乏糧，軍士坐守於此，終非良策。」彧曰：「不如東略陳地，使軍就食汝南、潁川。黃巾餘黨何儀、黃劭等，劫掠州郡，多有金帛、糧食、此等賊徒，又容易破；破而取其糧，以養三軍，朝廷喜，百姓悅，乃順天之事也。」操從之，乃留夏侯惇、曹仁守鄄城等處，自引兵略陳地。得許渚肯降。隨將何儀、

古今地名

鄄城：今山東菏澤市所轄的一個縣

定陶：今山東菏澤定陶

黃劭斬訖。汝、潁悉平。

曹操班師，曹仁、夏侯惇接見，言近日細作報説：兗州薛蘭、李封軍士皆出擄掠，城邑空虛，可引得勝之兵攻之，一鼓可下。操遂引軍徑奔商州，令（許褚）出戰。李封、薛蘭軍皆潰散。

曹操復得兗州，程昱便請進兵取濮陽。呂布引兵出陣。操六員將共攻呂布。布遮攔不住，撥馬回城。城上田氏，見布敗回，急令人拽起吊橋。布大叫；「開門！」田氏曰：「吾已降曹將軍矣。」布大罵，引軍奔定陶而去。

操遂得濮陽。操令劉曄等守濮陽，自己引軍趕至定陶。操軍至定陶，連日不戰，引軍退四十里下寨。正值濟郡麥熟。操即令軍割麥為食。布引軍趕來，將近操寨，見左邊一望林木茂盛，恐有伏兵而回。操知布軍回去，乃謂諸將曰：「布疑林中有伏兵耳，可多插旌旗於林中以疑之。寨西一帶長堤，無水，可盡伏精兵。明日呂布必來燒林，堤中軍斷其後，布可擒矣。」

卻説呂布回報陳宮。宮曰：「操多詭計，不可輕敵。」布曰：「吾用火攻，可破伏兵。」布次日引大軍來，遙見林中有旗，驅兵大進，四面放火，竟無一人。欲投寨中，卻聞鼓聲大震。正自疑惑不定，忽然寨後一彪軍出。呂布縱馬

許褚 字仲康
譙國譙（今安徽亳州譙城區）人。

夏侯惇 字元讓
沛國譙縣（今安徽亳州）人。曹操從兄弟。

劉曄 字子揚
淮南郡成德（今安徽壽縣南）人。

趕來。炮響處，堤內伏兵盡出。呂布料敵不過，棄定陶而走。曹操將得勝之兵，殺入城中，勢如劈竹。張超自刎，張邈投袁術去了。山東一境，盡被曹操所得。

第十三回 李傕郭汜大交兵，楊奉董承雙救駕

呂布被曹操所敗後，改往徐州投靠劉備。劉備安排呂布暫且屯駐小沛。此時，獻帝飽受李傕、郭汜欺凌，楊彪、朱儁向獻帝獻計，離間李、郭二人。

卻說曹操平了山東，表奏朝廷，加操為建德將軍費亭侯。其時李傕自為大司馬，郭汜自為大將軍，橫行無忌，朝廷無人敢言。太尉楊彪、大司農朱儁暗奏獻帝曰：「今曹操擁兵二十餘萬，謀臣武將數十員，若得此人扶持社稷，剿除奸黨，天下幸甚。」獻帝泣曰：「朕被二賊欺淩久矣！若得誅之，誠為大幸！」彪曰：「聞郭汜之妻最妒，可令人於汜妻處用反間計，則二賊自相害矣。」

帝乃書密詔付楊彪。彪即暗使夫人以他事入郭汜府，乘間告汜妻曰：「聞郭將軍與李司馬夫人有染，其情甚密。倘司馬知之，必遭其害。夫人宜絕其往來為妙。」汜妻訝曰：「怪見他經宿不歸！卻幹出如此無恥之事！非夫人言，妾不知也。當慎防之。」

過了數日，傕使人送酒筵至。汜妻暗

楊彪 字文先
弘農華陰（今陜西華陰東南）人。

置毒於中，方始獻入，汜便欲食。妻曰：「食自外來，豈可便食？」乃先予試之，犬立死。自此汜心懷疑。一日朝罷，李傕力邀郭汜赴家飲宴。至夜席散，汜醉而歸，偶然腹痛。妻曰：「必中其毒矣！」急令將糞汁灌之，一吐方定。汜大怒曰：「吾與李共圖大事，今無端欲謀害我，我不先發，必遭毒手。」遂密整本部甲兵，欲攻李傕。

早有人報知傕。傕亦大怒曰：「郭阿多（郭汜小名）安敢如此！」遂點本部甲兵，來殺郭汜。傕侄李暹引兵圍住宮院，用車二乘，移帝后車駕於郿塢。使侄李暹監之，斷絕內使，飲食不繼，侍臣皆有飢色。帝淚盈袍袖。忽塢外喊聲大起，原來李傕引兵出迎郭汜。二人便就陣前廝殺。戰到十合。不分勝負。只見楊彪拍馬而來，大叫：「二位將軍少歇！老夫特邀眾官，來與二位講和。」傕、汜乃各自還營。

楊彪與朱儁會合朝廷官僚六十餘人，先詣郭汜營中勸和。郭汜竟將眾官盡行監下。自此之後，傕、汜每日廝殺，一連五十餘日，死者不知其數。

卻說李傕平日最喜左道妖邪之術，常使女巫擊鼓降神於軍中。賈詡屢諫不聽。侍中楊琦密奏帝曰：「臣觀賈詡雖為李傕腹心，然實未嘗忘君，陛下當與謀之。」正說之間，賈詡來到。帝乃摒退左右，泣諭詡曰：「卿能憐漢朝，救朕命乎？」詡拜伏於地曰：「固臣所願也。陛下且勿言，臣自圖之。」帝收淚而謝。

時皇甫酈入見帝。帝知酈能言，又與李傕同鄉，詔使往兩邊解和。酈即來見李傕。酈曰：「今敦阿多劫公卿，而將軍劫至尊，果誰輕誰重耶？」李傕大怒，拔劍叱曰：「天子使汝來辱我乎？我先斬汝頭！」騎都尉場奉諫，賈詡亦力勸，傕怒少息。詡遂推皇甫酈出。酈大叫曰：「李傕不奉詔，欲弒君自立！」帝知之，急令皇甫酈回西涼。

卻說李傕之軍，大半是西涼人氏，更賴羌（qiāng，粵音疆）兵為助。卻被皇甫酈揚言於西涼人曰：「李傕謀反，從之者即為賊黨，後患不淺。」西涼人多有聽酈之言，軍心漸渙。賈詡又密諭羌人曰：「天子知汝等忠義，久戰勞苦，密詔使汝還郡，後當有重賞。」羌人正怨李傕不與爵賞，遂聽詡言，都引兵去。李傕自此軍勢漸衰。更兼郭汜常來攻擊，殺死者甚多。忽人來報：「張濟統領大軍，自陝西來到，欲與二公解和；聲言如不從者，引兵擊之。」傕便賣個人情，先遣人赴張濟軍中許和。郭汜亦只得許諾。張濟上表，請天子駕幸弘農。帝喜曰：「朕思東都久矣。今乘此得還，乃萬幸也！」詔封張濟為驃騎將軍。濟進糧食酒肉，供給百官。汜放公卿出營。傕收拾車駕東行，遣舊有御林軍數百，持戟護送。

鑾輿（皇帝的座駕）過新豐，至霸陵，正到華陰，背後喊聲震天，大叫：

皇甫酈

涼州安定朝那（今寧夏彭陽縣）人，皇甫嵩之侄。

張濟

涼州武威祖厲縣（今甘肅靖遠縣）人。

古今地名

弘農：今河南西部

「車駕且休動！」帝泣告大臣曰：「方離狼窩，又逢虎口，如之奈何？」眾皆失色。賊軍漸近。只聽得一派鼓聲，山背後轉出一將，當先一面大旗，上書「大漢楊奉」四字，引軍千餘殺來。原來楊奉聞駕至，特來保護。兩馬相交，汜軍大敗。帝命早赴東都。連夜駕起，前幸弘農。

郭汜引敗軍回，撞着李傕，言：「楊奉、董承救駕往弘農去了。若到山東，立腳得牢，必然布告天下，令諸侯共伐我等。三族不能保矣。」於是郭汜、李傕二人合兵追駕。郭汜引軍入弘農劫掠。承、奉保駕走陝北，傕、汜分兵趕來。承、奉急召故白波帥韓暹、李樂、胡才三處軍兵前來救應。

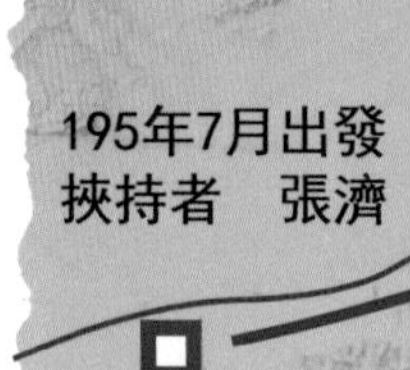

楊彪請帝都安邑縣。駕至安邑，苦無高房，帝后都居於茅屋中；又無門關閉，四邊插荊棘以為遮罩。是歲大荒，百姓皆食棗菜，餓莩（餓死的人）遍野。河內太守張楊獻米肉，河東太守王邑獻絹帛，帝稍得寧。董承、楊奉商議，一面差人修洛陽宮院，奉車駕還東都。李樂不從，暗令人結連李傕、郭汜，一同劫駕。董承、楊奉、韓暹知其謀，連夜擺布軍士，護送車駕前奔箕關。李樂聞知，不等傕、汜軍到，自引本部人馬前來追趕。四更左側，趕到箕山下，大叫：「車駕休行！

董承

冀州河間（今河北獻縣）人。漢獻帝嬪妃董貴人之父。

古今地名

箕關：今河南濟源市西、王屋山南。是洛陽到山西的軹關陘上的關隘。

李傕、郭汜在此！」嚇得獻帝心驚膽戰。山上火光遍起。

天子東歸路線

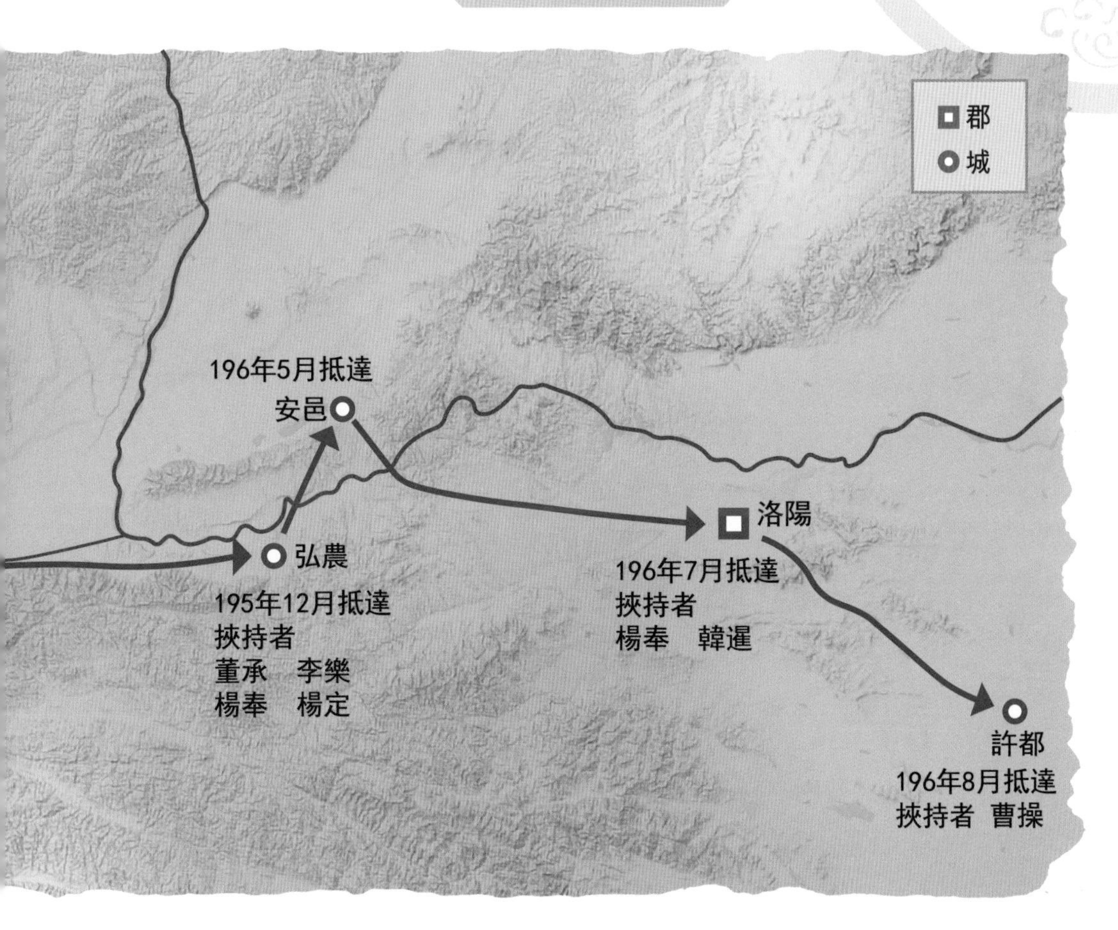

年份	地點	挾持者
195 年 7 月	長安 ⟶ 弘農	鎮東將軍張濟
195 年 2 月至 196 年 5 月	弘農 ⟶ 安邑	安集將軍董承、李樂、楊奉、後將軍楊定
196 年 7 月	安邑 ⟶ 洛陽	楊奉、韓暹
196 年 8 月	洛陽 ⟶ 許都	司隸校尉、錄尚書事曹操

第十四回

曹孟德移駕幸許都，呂奉先乘夜襲徐郡

李樂引軍來追，被徐晃砍下，殺散餘黨。獻帝幾經轉折，終返回洛陽，聽從太尉楊彪之奏，召曹操到洛陽輔助皇室。曹操接召，先差夏侯惇為先鋒，往洛陽保駕。

夏侯惇引許褚、典韋等，至駕前面君，俱以軍禮見。帝慰諭方畢，忽報正東又有一路軍到。須臾，曹洪、李典、樂進來見駕。通名畢，洪奏曰：「臣兄知賊兵至近，恐夏侯惇孤力難為，故又差臣等倍道而來協助。」帝曰：「曹將軍真社稷臣也！」遂命護駕前行，請帝還洛陽故宮。夏侯惇屯兵於城外。

次日，曹操引大隊人馬到來。安營畢，入城見帝、拜於殿階之下。帝賜平身，宣諭慰勞。操曰：「臣向蒙國恩，刻思圖報。今傕、汜二賊，罪惡貫盈；臣有精兵二十餘萬，以順討逆，無不克捷。陛下善保龍體，以社稷為重。」帝乃封操領司隸校尉，假節鉞，錄尚書事。

曹洪 字子廉
沛國譙（今安徽亳縣）人。曹操堂弟。

李典 字曼成
兗州山陽郡鉅野縣（今山東巨野）人。

李傕軍馬來迎操兵。操三軍齊進。賊兵抵敵不住，大敗而走。操親掣寶劍押

陣，率眾連夜追殺，剿戮極多，降者不計其數。傕、汜望西逃命，忙忙似喪家之狗；自知無處容身，只得往山中落草去了。曹操回兵，仍屯於洛陽城外。楊奉、韓暹兩個商議：「今曹操成了大功，必掌重權，如何容得我等？」乃入奏天子，以追殺傕、汜為名，引本部軍屯於大梁去了。

操由是日與眾謀士密議遷都之事。或曰：「漢以火德王，而明公乃土命也。許都屬土，到彼必興。火能生土，土能旺木：他日必有興者。」操意遂決。次日，入見帝，奏曰：「東都荒廢久矣，不可修葺；更兼轉運糧食艱辛。許都地近魯陽，城郭宮室，錢糧民物，足可備用。臣敢請駕幸許都，惟陛下從之。」帝不

古今地名

大梁：今河南開封西北部

曹操跪迎天子都許圖　攝於許昌博物館

敢不從；羣臣皆懼操勢，亦莫敢有異議。

於是迎鑾駕到許都，蓋造宮室殿宇，立宗廟社稷、省台司院衙門，修城郭府庫；封董承等十三人為列侯。賞功罰罪，並聽曹操處置。自此大權皆歸於曹操：朝廷大務，先稟曹操，然後方奏天子。

操既定大事，乃設宴後堂，聚眾謀士共議曰：「劉備屯兵徐州，自領州事；近呂布以兵敗投之，備使居於小沛：若二人同心引兵來犯，乃心腹之患也。公等有何妙計可圖之？」荀彧曰：「彧有一二虎競食之計。明公可奏請詔命實授備為徐州牧，因密與一書，教殺呂布。事成則備無猛士為輔，亦漸可圖；事不成，則呂布必殺備矣：此乃二虎競食之計也。」操從其言，即時奏請詔命，遣使齎往徐州。

卻說劉玄德在徐州，忽報天使至，出郭迎接入郡，拜受恩命畢，設宴管待來使。使曰：「君侯得此恩命，實曹將軍於帝前保薦之力也。」玄德稱謝。使者乃取出私書遞與玄德。玄德看罷，曰：「此事尚容計議。」席散，安歇來使於館驛。關、張曰：「兄長何故不殺呂布？」玄德曰：「此曹孟德恐我與呂布同謀伐之，故用此計，使我兩人自相吞併，彼卻於中取利。奈何為所使乎？」關公點頭道是。

使命回見曹操，言玄德不殺呂布之事。操問荀彧曰：「此計不成，奈何？」彧曰：「又有一計，名曰驅虎吞狼之計。可暗令人往袁術處通問，報說劉備上密表，要略南郡。術聞之，必怒而攻備；公乃明詔劉備討袁術。兩邊相並，呂布必生異心：此驅虎吞狼之計也。」操大喜，先發人往袁術處；次假天子詔，發人往徐州。

卻說玄德在徐州，聞使命至，出郭迎接；開讀詔書，卻是要起兵討袁術。玄德領命，送使者先回。糜竺曰：「此又是曹操之計。」玄德曰：「雖是計，王命不可違也。」遂點軍馬，克日起程。

卻說袁術聞說劉備上表，欲吞其州縣，大怒，乃使上將紀靈起兵十萬，殺奔徐州。兩軍會於盱眙（xū yí，粵音虛移）。玄德驅兵殺將過去，紀靈大敗，退守淮陰河口，不敢交戰；只教軍士來偷營劫寨，皆被徐州兵殺敗。兩軍相拒，不在話下。

卻說張飛自送玄德起身後，一應雜事，俱付陳元龍管理；軍機大務，自家參酌，一日，設宴請各官赴席。張飛起身與眾官把盞。連飲了幾十杯，不覺大醉，卻又起身與眾官把盞。酒至曹豹，豹再三不飲。飛醉後使酒發怒。曹豹無奈，只得告求曰：「翼德公，看我女婿之面，且恕我罷。」飛曰：「你女婿是誰？」豹曰：「呂布是也。」飛大怒曰：「我本不欲打你；你把呂布來唬我，我偏要打你！我打你，便是打呂布！」諸人勸不住。將曹豹鞭至五十，眾人苦苦告饒，方止。

古今地名
盱眙：今江蘇盱眙縣東四十里

席散，曹豹回去，深恨張飛，連

夜差人賫書一封，徑投小沛見呂布，備說張飛無禮；且云：玄德已往淮南，今夜可乘飛醉，引兵來襲徐州，不可錯此機會。呂布見書，隨即披掛上馬。

小沛離徐州只四五十里，上馬便到。呂布到城下時，豹便令軍士開門。呂布一聲暗號，眾軍齊入，喊聲大舉。張飛此時酒猶未醒，不能力戰。十八騎燕將，保着張飛，殺出東門，玄德家眷在府中，都不及顧了。呂布入城安撫居民，令軍士一百人守把玄德宅門，諸人不許擅入。

卻說張飛引數十騎，直到盱眙來見玄德，具說曹豹與呂布裏應外合，夜襲徐州。眾皆失色。玄德歎曰：「得何足喜，失何足憂！」關公曰：「嫂嫂安在？」飛曰：「皆陷於城中矣。」玄德默然無語。關公頓足埋怨曰：「你當初要守城時說甚來？兄長吩咐你甚來？今日城池又失了，嫂嫂又陷了，如何是好！」張飛聞言，惶恐無地，掣劍欲自刎。

古今地名

淮南：漢代封國，轄境為今安徽淮河以南，長江以北的區域。

劉備、袁術、曹操、呂布城池方位示意圖

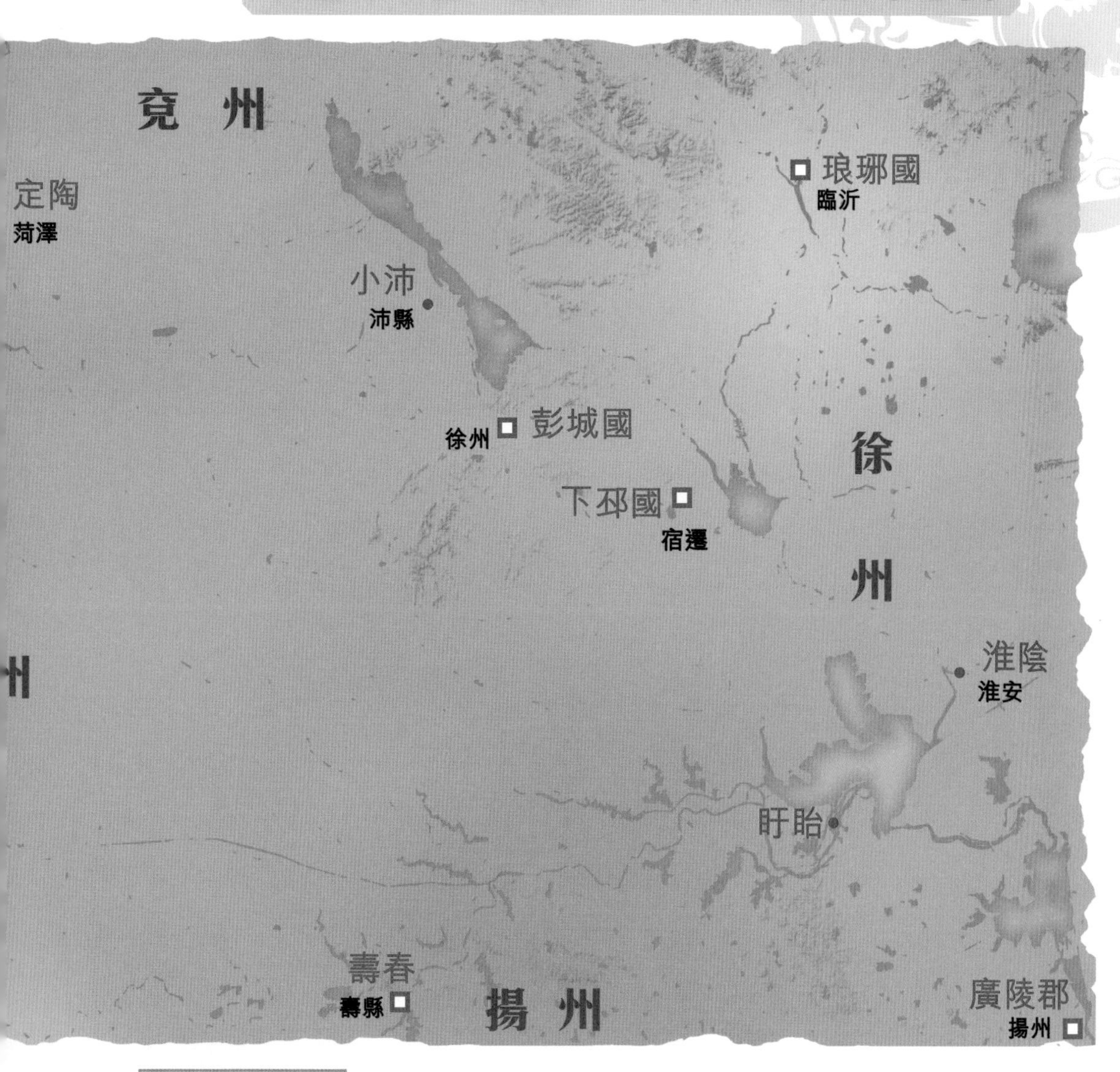

第十五回

太史慈酣鬥小霸王，孫伯符大戰嚴白虎

曹操迎奉天子站到了君臣大義的制高點上，並挑動劉備、袁術、呂布之間的關係。屯駐小沛的呂布也奪取了徐州。而此刻南方的孫策在袁術手下並不如意，雖立戰功，仍被冷待。

袁術大宴將士於壽春。人報孫策征廬江太守陸康，得勝而回。術喚策至，策拜於堂下。問勞已畢，便令侍坐飲宴。原來孫策自父喪之後，退居江南，禮賢下士；後因陶謙與策母舅丹陽太守吳景不和，策乃移母並家屬居於曲阿，自己卻投袁術。

當日筵散，策歸營寨。見術席間相待之禮甚傲，心中鬱悶，乃步月於中庭。因思父孫堅如此英雄，我今淪落至此，不覺放聲大哭。忽見一人自外而入，乃丹陽故鄣人朱治，孫堅舊從事官也。治曰：「君何不告袁公路，借兵往江東，假名救吳景，實圖大業，而乃久困於人之下乎？」正商議間，一人忽入曰：「公等所謀，吾已知之。吾手下有精壯百人，暫助伯符一

朱治 字君理
丹楊故鄣（今浙江安吉）人。孫吳三代元勳。

呂範 字子衡
汝南郡細陽縣（今安徽省太和縣）人。孫吳重臣。

馬之力。」策視其人，乃袁術謀士，汝南細陽人呂範。策大喜，延坐共議。

次日，策入見袁術，哭拜曰：「父仇不能報，今母舅吳景，又為揚州刺史劉繇（人名讀 yóu，粵音由）所逼；策老母家小，皆在曲阿，必將被害。策敢借雄兵數千，渡江救難省親。恐明公不信，有亡父遺下玉璽，權為質當。」術聞有玉璽，取而視之，大喜曰：「吾非要你玉璽，今且權留在此。我借兵三千、馬五百匹與你。平定之後，可速回來。」策拜謝，遂引軍馬，帶領朱治、呂範、舊將程普、黃蓋、韓當等，擇日起兵。

行至歷陽，見一軍到。當先一人，姿質風流，儀容秀麗，見了孫策，下馬便拜。策視其人，乃廬江舒城人，姓周，名瑜，字公瑾。原來孫堅討董卓之時，移家舒城，瑜與孫策同年，交情甚密，因結為昆仲。策長瑜兩月，瑜以兄事策。策見瑜大喜，訴以衷情。瑜曰：「某願施犬馬之力，共圖大事。」策喜曰：「吾得公瑾，大事諧矣！」便令與朱治、呂範等相見。瑜謂策曰：「吾兄欲濟大事，亦知江東有二張乎？」策曰：「何為二張？」瑜曰：「一人乃彭

古今地名

汝南：轄境相當今河南省潁河、淮河之間，郡治在今河南平輿縣北。

劉繇 字正禮

東萊郡牟平（今山東烟台牟平區）人。

周瑜 字公瑾

人稱「周郎」，廬江郡舒縣（今安徽舒城縣）人。孫吳陣營最高統帥。

張昭 字子布

徐州彭城（今江蘇徐州）人。孫吳重臣。

張紘 字子綱

徐州廣陵（今江蘇揚州廣陵區）人。

蔣欽 字公奕

揚州九江壽春（今安徽壽縣）人。孫吳重臣，江東十二虎臣之一。

周泰 字幼平

揚州九江下蔡（今安徽鳳台）人。孫吳重臣，江東十二虎臣之一。

城張昭，字子布；一人乃廣陵張紘（hóng，粵音宏），字子綱。二人皆有經天緯地之才，因避亂隱居於此。吾兄何不聘之？」策喜，親到其家，與語大悅，力聘之，二人許允。策遂拜張昭為長史，兼撫軍中郎將；張紘為參謀正議校尉：商議攻擊劉繇。

劉繇聞孫策兵至，急聚眾將商議。部將張英領兵至牛渚，孫策引兵到，兩軍會於牛渚灘上不數合，忽然張英軍中大亂，報説寨中有人放火。張英急回軍。孫策引軍前來，乘勢掩殺。張英棄了牛渚，望深山而逃。原來那寨後放火的，只是兩員健將：一人乃九江壽春人蔣欽；一人乃九江下蔡人周泰。二人皆遭世亂，劫掠為生；久聞孫策為江東豪傑，能招賢納士，故特引其黨三百餘人，前來相投。策大喜，用為軍前校尉。收得牛渚邸閣糧食、軍器，並降卒四千餘人，遂進兵神亭。

繇自領兵於神亭嶺南下營，孫策於嶺北下營。策曰：「吾欲過嶺，探看劉繇寨柵。」遂同上嶺，南望村林。孫策看了半晌，方始回馬。正行過嶺，只聽得嶺上叫：「孫策休走！」策回頭視之，見兩匹馬飛下嶺來。策曰：「你是何人？」答曰：「我便是東萊太史慈也，

古今地名

神亭嶺：位於茅山東側，今天江蘇丹陽、句容、金壇交匯處的一座小山坡。

特來捉孫策！」（慈）縱馬橫槍，直取孫策。兩馬相交，戰五十合，不分勝負。慈見孫策槍法無半點兒滲漏，乃佯輸詐敗，引孫策趕來，一直趕到平川之地。慈兜回馬再戰，又到五十合。策一槍搠去，慈閃過，挾住槍；慈也一槍搠去，策亦閃過，挾住槍。兩個用力只一拖，都滾下馬來。馬不知走的哪裏去了。兩個棄了槍，揪住廝打，戰袍扯得粉碎。策手快，掣了太史慈背上的短戟，慈亦掣了策頭上的兜鍪。策把戟來刺慈，慈把兜鍪遮架。忽然喊聲後起，乃劉繇接應軍到來，約有千餘。策正慌急，程普等十二騎亦衝到。劉繇一千餘軍，和程普等十二騎混戰，逶迤殺到神亭嶺下。時近黃昏，

牛渚山（今安徽省馬鞍山市採石磯）

牛渚山

牛渚山是今天長江南岸馬鞍山市的採石磯，孫策再遇周瑜時大營在長江以北的厲陽，就是由此處通過江北的橫江渡突襲南岸的「牛渚山」。這裏是長江歷史上重要的渡口，除了孫策過江之外，秦始皇南巡、西晉滅吳、隋滅南陳、宋滅南唐等重大事件都是發生在此。詩仙李白也是在此酒後撈月而溺亡。

風雨暴至，兩下各自收軍。

次日，孫策引軍到劉繇營前，劉繇引軍出迎。兩馬相交，戰到三十合，劉繇急鳴金收軍。太史慈跟着劉繇退軍，孫策不趕，收住人馬。長史張昭曰：「彼軍被周瑜襲取曲阿，無戀戰之心，今夜正好劫營。」孫策然之。當夜分軍五路，長驅大進。劉繇軍兵大敗，眾皆四紛五落。太史慈獨力難當，引十數騎連夜投涇縣去了。

孫策攻薛禮，忽有人報劉繇會合笮融去取牛渚。孫策自提軍奔牛渚。劉繇、笮融迎戰。劉繇背後一將，于糜挺槍來趕，被策生擒。繇將樊能挺槍來趕，那槍剛搠到策後心。策回頭大喝一聲，聲如巨雷。樊能驚駭，倒翻身撞下馬來，破頭而死。策到門旗下，將于糜丟下，已被挾死。一霎時挾死一將，喝死一將：自此人皆呼孫策為「小霸王」。

古今地名

涇縣：今安徽涇縣

秣陵：今江蘇南京

孫策乘勝進秣陵，安輯居民，移兵至涇縣來捉太史慈。太史慈投東門走，走了五十里，人困馬乏，（被）孫策伏兵生擒，解投大寨。策親自出營，自釋其縛，將自己錦袍衣之，請入寨中，謂曰：「我知子義真丈夫也。劉繇蠢輩，不能用為大將，以致此敗。」慈見策待之甚厚，遂請降。慈曰：「劉君新破，士卒離心。某欲自往收拾餘眾，以助明公。不識能相信否？」策起謝曰：「此誠策所願也。今與公約：明日日中，望公來還。」慈應諾而去。

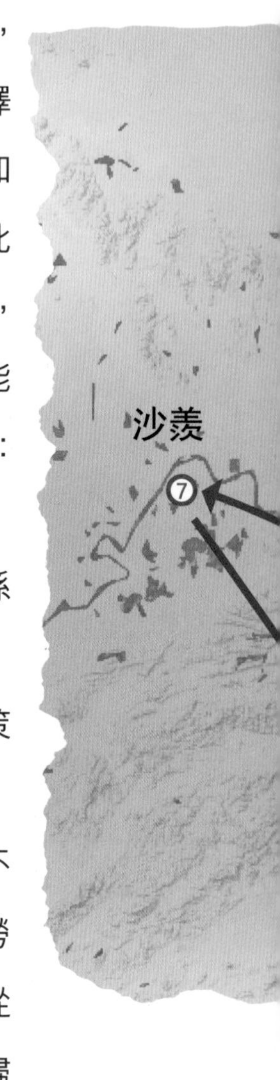

次日，恰將日中，太史慈引一千餘眾到寨。孫策大喜。眾皆服策之知人。於是孫策聚數萬之眾，下江東，安民恤眾，投者無數。江東之民，皆呼策為「孫郎」。

但聞孫郎兵至，皆喪膽而走。及策軍到，並不許一人擄掠，雞犬不驚，人民皆悅，齎牛酒到寨勞軍。策以金帛答之，歡聲遍野。其劉繇舊軍，願從軍者聽從，不願為軍者給賞歸農。江南之民，無不仰頌。由是兵勢大盛。策乃迎母叔諸弟俱歸曲阿，使弟孫權與周泰守宣城。策領兵南取吳郡。

古今地名

曲阿：今江蘇丹陽市

孫權 字仲謀

吳郡富春（今浙江杭州富陽區）人。孫堅次子，孫策二弟。吳國開國皇帝。

孫策平江東線路示意圖

戰役	年份	敵對勢力	地點
1	195 年	劉繇	牛渚（今安徽馬鞍山採石磯鎮）
2	195 年	笮融	秣陵 (今江蘇南京)
3	196 年	許貢	曲阿（今江蘇丹陽）
4	196 年	嚴白虎	吳郡（今江蘇蘇州）
5	196 年	王朗	會稽（今浙江紹興）
6	199 年	劉勛	彭澤（今江西九江彭澤縣）
7	199 年	黃祖	沙羨（今湖北武漢江夏區）
8	199 年	華歆	豫章（今江西南昌）

周瑜家族鄔堡

安徽省六安市舒城縣的干汊河鎮是周瑜家族的居地。孫堅討董時曾將家眷託付在這裏，孫策和周瑜在這裏一起成長。

舒城，周瑜家族鄔堡又名周瑜城

第十六回

呂奉先射戟轅門，曹孟德敗師淯水

孫策擊敗劉繇，取得曲阿後，繼續領兵南下，先後取得吳郡、會稽，至此江東一帶，盡歸孫策。孫策一面奏請朝廷，結交曹操，一面致書袁術，欲取回玉璽。袁術拒絕歸還，且定下先攻劉備，再討孫策的策略。

卻説袁術欲攻劉備，（一面）具粟二十萬斛（東漢十斗為一斛，每斛約為今日30公斤），往見呂布，（一面）遣紀靈進攻小沛。

玄德聞知此信，聚眾商議。孫乾曰：「今小沛糧寡兵微，如何抵敵？可修書告急於呂布。」遂修書與呂布。呂布看了書，與陳宮計議曰：「前者袁術送糧致書，蓋欲使我不救玄德也。今玄德又來求救。吾想玄德屯軍小沛，未必遂能為我害；若袁術並了玄德，則北連泰山諸將以圖我，我不能安枕矣：不若救玄德。」遂點兵起程。

卻説紀靈起兵已到沛縣東南，紮下營寨。忽報呂布領兵來救劉備，急令人致書於呂布，責其無信。布笑曰：「我有一計，使袁、劉兩家都不怨我。」乃發使往紀靈、劉備寨中，請二人飲宴。

酒行數巡，布曰：「你兩家看我面上，俱各罷兵。」玄德無語，靈曰：「吾奉主公之命，提十萬之兵，專捉劉備，如何罷得？」布教左右取戟來，令左右接過畫戟，去轅門外遠遠插定。乃回顧紀靈、玄德曰：「轅門離中軍一百五十步，吾若一箭射中戟小枝，你兩家罷兵，如射不中，你各自回營，安排廝殺。有不從吾言者，並力拒之。」紀靈私忖：「戟在一百五十步之外，安能便中？且落得應允。待其不中，那

時憑我廝殺。」便一口許諾。玄德自無不允。布都教坐，再各飲一杯酒。酒畢，布教取弓箭來。只見呂布挽起袍袖，搭上箭，扯滿弓，叫一聲：「着！」當下呂布射中畫戟小枝，呵呵大笑，擲弓於地，執紀靈、玄德之手曰：「此天令你兩家罷兵也！」

次日，三處軍馬都散。紀靈回淮南見袁術，說呂布轅門射戟解和之事。袁術大怒曰：「呂布受吾許多糧米，反以

《轅門射戟》
董培新先生畫作

此兒戲之事，偏護劉備。吾當自提重兵，親征劉備，兼討呂布！」紀靈曰：「主公不可造次。呂布勇力過人，兼有徐州之地；若布與備首尾相連，不易圖也。吾聞布妻嚴氏有一女，年已及笄（女子年滿十五歲時束髮插簪，以示待嫁）。主公有一子，可令人求親於布，布若嫁女於主公，必殺劉備：此乃疏不間親之計也。」袁術從之，即日遣韓胤（yìn，粵音刃）為媒，齎禮物往徐州求親。布厚款韓胤，許了親事。

時陳元龍（即陳登）之父陳珪，養老在家，聞鼓樂之聲，遂問左右。左右告以故。珪曰：「此乃疏不間親之計也。玄德危矣。」遂扶病來見呂布。布曰：「大夫何來？」珪曰：「聞將軍死至，特來弔喪。」布驚曰：「何出此言？」珪曰：「前者袁公路以金帛送公，欲殺劉玄德，而公以射戟解之；今忽來求親，其意蓋欲以公女為質，隨後就來攻玄德而取小沛。小沛亡，徐州危矣。且彼或來借糧，或來借兵：公若應之，是疲於奔命，而又結怨於人；若其不允，是棄親而啟兵端也。況聞袁術有稱帝之意，是造反也。彼若造反，則公乃反賊親屬矣，得無為天下所不容乎？」布大驚曰：「陳宮誤我！」急命張遼引兵，追趕至三十里之外，將女搶歸；令人回覆袁術，只說女兒妝奩（嫁妝）未備，俟備畢便自送來。

陳珪 字漢瑜

徐州下邳（今江蘇睢寧西北）人。陳登父親。

張遼 字文遠

并州雁門郡馬邑縣（今山西朔州朔城區大夫莊）人。曹魏五子良將之一。

正話間，宋憲、魏續至，告布曰：「我二人奉明公之命，往山東買馬，買得好馬三百餘匹；回至沛縣界首，被強寇劫去一半。打聽得是劉備之弟張飛，詐妝出賊，搶劫馬匹去了。」呂布大怒，隨即點兵往小沛來鬥張飛。玄德與糜竺、孫乾商議。孫乾曰：「曹操所恨者，呂布也。不若棄城走許都，投奔曹操，借軍破布，此為上策。」玄德當夜三更，出北門而走。呂布見玄德去了，也不來趕，隨即入城安民，令高順守小沛，自己仍回徐州去了。

卻說玄德前奔許都，操待以上賓之禮。操設宴相待，至晚送出。荀彧入見曰：「劉備，英雄也。今不早圖，後必為患。」操不答。彧出，郭嘉入。嘉曰：「不可。主公興義兵，為百姓除暴，惟仗信義以招俊傑，猶懼其不來也；今玄德素有英雄之名，以困窮而來投，若殺之，是害賢也。天下智謀之士，聞而自疑，將裹足不前，主公誰與定天下乎？夫除一人之患，以阻四海之望：安危之機不可不察。」操大喜曰：「君言正合吾心。」次日，即表薦劉備領豫州牧。進兵屯小沛，招集原散之兵，以攻呂布。

玄德至豫州，令人約會曹操。操正欲起兵，自往征呂布，忽流星馬報說張濟自關中引兵攻南陽，為流矢所中而死；濟侄張繡統其眾，用賈詡為謀士，結連劉表，屯兵宛城，欲興兵犯闕奪駕。操欲興兵討之，又恐呂布來侵許都，乃問計於荀彧。彧曰：「此

郭嘉 字奉孝

穎川陽翟（今河南禹縣）人。是曹操主要謀士之一。

張繡

武威郡祖厲（今甘肅靖遠）人。

易事耳。呂布無謀之輩，見利必喜；明公可遣使往徐州，加官賜賞，令與玄德解和。布喜，則不思遠圖矣。」操曰：「善。」遂差奉軍都尉王則，齎官誥並和解書，往徐州去訖。一面起兵十五萬，親討張繡。

曹操軍馬至淯水下寨。賈詡勸張繡舉眾投降。張繡從之。操引兵入宛城屯紮。操每日（竟與）張濟之妻鄒氏取樂，不想歸期。張繡家人密報繡。繡怒，便請賈詡獻計。繡曰：「典韋之可畏者，雙鐵戟耳。主公明日可請他來吃酒，使盡醉而歸。那時某便混入他跟來軍士數內，偷入帳房，先盜其戟，此人不足畏矣。」繡甚喜。

至期，令賈詡請典韋到寨，殷勤待酒。至晚醉歸，胡車兒雜在眾人隊裏，直入大寨。

是夜曹操忽聞寨內四下火起，急喚典韋。韋方醉臥，睡夢中聽得金鼓喊殺之聲，便跳起身來，卻尋不見了雙戟。韋急掣步卒腰刀在手。韋身無片甲，羣賊遠遠以箭射之，箭如驟雨。韋血流滿地而死。

卻說曹操從寨後逃奔，長子曹昂以己所乘之馬奉操。操上馬急奔。曹昂卻被亂箭射死。操乃走脫。路逢諸將，收集殘兵。

操安營方畢，張繡軍兩路殺至。于禁身先出寨迎敵，左右諸將，各引兵擊之。繡軍大敗，引敗兵投劉表去了。操設祭祭典韋，操親自哭而

古今地名
宛城：今河南南陽

奠之，顧謂諸將曰：「吾折長子、愛侄，俱無深痛；獨號泣典韋也！」眾皆感歎，次日下令班師。

且說王則至徐州，布迎接入府，開讀詔書：封布為平東將軍，特賜印綬。又出操私書，在呂布面前極道曹公相敬之意。布大喜。忽報袁術遣人至，布喚入問之。使言：「袁公早晚即皇帝位，立東宮，催取皇妃早到淮南。」布大怒曰：「反賊焉敢如此！」遂殺來使。遣陳登齎謝表，且答書於操，欲求實授徐州牧。操知布絕婚袁術，大喜。陳登密諫操曰：「呂布，豺狼也，勇而無謀，輕於去就，宜早圖之。」操曰：「吾素知呂布狼子野心，誠難久養。非公父子莫能究其情，公當與吾謀之。」登曰：「丞相若有舉動，某當為內應。」

第十七回 袁公路大起七軍，曹孟德會合三將

袁術稱帝，派使者往徐州，催呂布送女過門。卻聞得呂布殺使者答書曹操。袁術大怒，舉兵攻打徐州。

袁術點大軍二十餘萬，分七路征徐州。七路軍馬，日行五十里，於路劫掠將來。布急召眾謀士商議，陳登大笑曰：「術兵雖眾，皆烏合之師，素不親信；我以正兵守之，出奇兵勝之，無不成功。韓暹、楊奉乃漢舊臣，因懼曹操而走，無家可依，暫歸袁術；術必輕之，彼亦不樂為術用。若憑尺書結為內應，更連劉備為外合，必擒袁術矣。」布曰：「汝須親到韓暹、楊奉處下書。」

陳登於下邳道上候韓暹。登出布書，暹覽書畢曰：「吾與楊將軍反戈擊之。但看火起為號，温侯以兵相應可也。」

是夜二更時分，韓暹、楊奉分兵到處放火，接應呂家軍入寨。呂布乘勢掩殺，術軍大亂。袁術引敗軍走，山後一彪軍出，乃關雲長也。袁術慌走，餘眾四散奔逃，袁術收拾殘軍，回淮南去了。

卻說袁術敗回淮南，遣人往江東問孫策借兵報仇。策作

書以絕之。孫策自發書後，防袁術兵來，點軍守住江口。忽曹操使至，拜策為會稽太守，令起兵征討袁術。策乃商議。長史張昭曰：「術雖新敗，兵多糧足，未可輕敵。不如遺書曹操，勸他南征，吾為後應：兩軍相援，術軍必敗。萬一有失，亦望操救援。」策從其言，遣使以此意達曹操。

曹操覽書畢；又有人報袁術乏糧，劫掠陳留。欲乘虛攻之，遂興兵南征。一面先發人會合孫策與劉備、呂布。兵至豫州界上，操即分呂布一軍在左，玄德一軍在右，自統大軍居中，令夏侯惇、于禁為先鋒。

古今地名
會稽：今浙江省紹興市

劉備南討袁術之時，在壽春西面，潁水與淮水交匯的南岸築有軍堡。至今尚存，稱為「劉備城」。

袁術知操兵至，令大將橋蕤引兵五萬作先鋒。兩軍會於壽春界口。橋蕤與夏侯惇戰不三合，被夏侯惇搠死。術軍大敗，奔走回城。忽報孫策發船攻江邊西面，呂布引兵攻東面，劉備、關、張引兵攻南面，操自引兵十七萬攻北面。術大驚，急聚眾文武商議。楊大將曰：「壽春水旱連年，人皆缺食；今又動兵擾民，民既生怨，兵至難以拒敵。不如留軍在壽春，不必與戰；待彼兵糧盡，必然生變。陛下且統御林軍渡淮，一者就熟，二者暫避其銳。」術用其言，堅守壽春。

卻說曹兵十七萬，日費糧食浩大，諸郡又荒旱，接濟不及，糧食將盡，致書於孫策，借得糧米十萬斛，不敷支散。

壽春（今淮南壽縣）北城門(牆)及淝水

管糧官任峻部下倉官王垕（hòu，粵音厚）入稟操曰：「兵多糧少，當如之何？」操曰：「可將小斛散之，權且救一時之急。」垕曰：「兵士倘怨，如何？」操曰：「吾自有策。」垕依命，以小斛分散。操暗使人各寨探聽，無不嗟怨，皆言丞相欺眾。操乃密召王垕入曰：「吾欲問汝借一物，以壓眾心，汝必勿吝。」垕曰：「丞相欲用何物？」操曰：「欲借汝頭以示眾耳。」垕大驚曰：「某實無罪！」操曰：「吾亦知汝無罪，但不殺汝，軍必變矣。汝死後，汝妻子吾自養之，汝勿慮也。」垕再欲言時，操早呼刀斧手推出門外，一刀斬訖，懸頭高竿，出榜曉示曰：「王垕故行小斛，盜竊官糧，謹按軍法。」於是眾怨始解。

王垕
《三國演義》杜撰人物，但正史《三國志》上確有記載曹操殺人一事。

次日，操傳令各營將領：「如三日內不並力破城，皆斬！」操親自至城下，督諸軍搬土運石，填壕塞塹（護城河）。城上矢石如雨，操自下馬接土填坑。於是大小將士無不向前，軍威大振。曹兵爭先上城，斬關落鎖，大隊擁入。壽春城中，收掠一空。

（操）欲進兵渡淮，追趕袁術。荀彧諫曰：「年來荒旱，糧食艱難，若更進兵，勞軍損民，未必有利。不若暫回許都，將來春麥熟，軍糧足備，方可圖之。」操躊躇未決。忽報馬到，報説：「張繡依託劉表，復肆猖獗、南陽、江陵諸縣復反；曹洪拒敵不住，連輸數陣，今特來告急。」

操乃馳書與孫策，令其跨江布陣，以為劉表疑兵，使不敢妄動；自己即日班師，別議征張繡之事。臨行，令玄德仍屯兵小沛，與呂布結為兄弟，互相救助，再無相侵。呂布領兵自回徐州。

曹操引軍回許都，人報段煨殺了李傕，伍習殺了郭汜，將頭來獻。人民稱快。天子會集文武，作太平筵宴。操即奏張繡作亂，當興兵伐之。天子乃親排鑾駕（皇帝的坐駕）。送操出師。時建安三年夏四月也。

操留荀彧在許都，調遣兵將，自統大軍進發。行軍之次，見一路麥已熟；民因兵至，逃避在外，不敢刈（割取）麥。操使人遠近遍諭村人父老，及各處守境官吏曰：「吾奉天子明詔，出兵討逆，與民除害。方今麥熟之時，不得已而起兵，大小將校，凡過麥田，但有踐踏者，並皆斬首。軍法甚嚴，爾民勿得驚疑。」百姓聞諭，無不歡喜稱頌，望塵遮道而拜。官軍經過麥田，皆下馬以手扶麥，遞相傳送而過，並不敢踐踏。操乘馬正行，忽田中驚起一鳩。那馬眼生，竄入麥中，踐壞了一大塊麥田。操隨呼行軍主簿，擬議自己踐麥之罪。主簿曰：「丞相豈可議罪？」操曰：「吾自製法，吾自犯之，何以服眾？」即掣所佩之劍欲自刎。眾急救住。郭嘉曰：「古者《春秋》之義：法不加於尊。丞相總統大軍，豈可自戕（自殺）？」操沉吟良久，乃曰：「既《春秋》有法不加於尊之義，吾姑免死。」乃以劍割自己之髮，擲於地曰：「割髮權代首。」使人以髮傳示三軍曰：「丞相踐麥，本當斬首號令，今割髮以代。」於是三軍悚然，無不懍遵軍令。後人有詩論之曰：「十萬貔貅十萬心，一人號令眾難禁。拔刀割髮權為首，方見曹瞞詐術深。」

卻說張繡知操引兵來，急發書報劉表，使為後應；（繡）出城迎敵，大敗。操趕至南陽城下，繡入城，閉門不出。

三國知識長廊

南陽向西可達故都長安，向北可威脅許昌、洛陽，向南可劍指荊州門戶襄陽。對於曹操來講，對決北面袁紹之前，必須要穩固這個區域。

南陽戰略位置示意圖

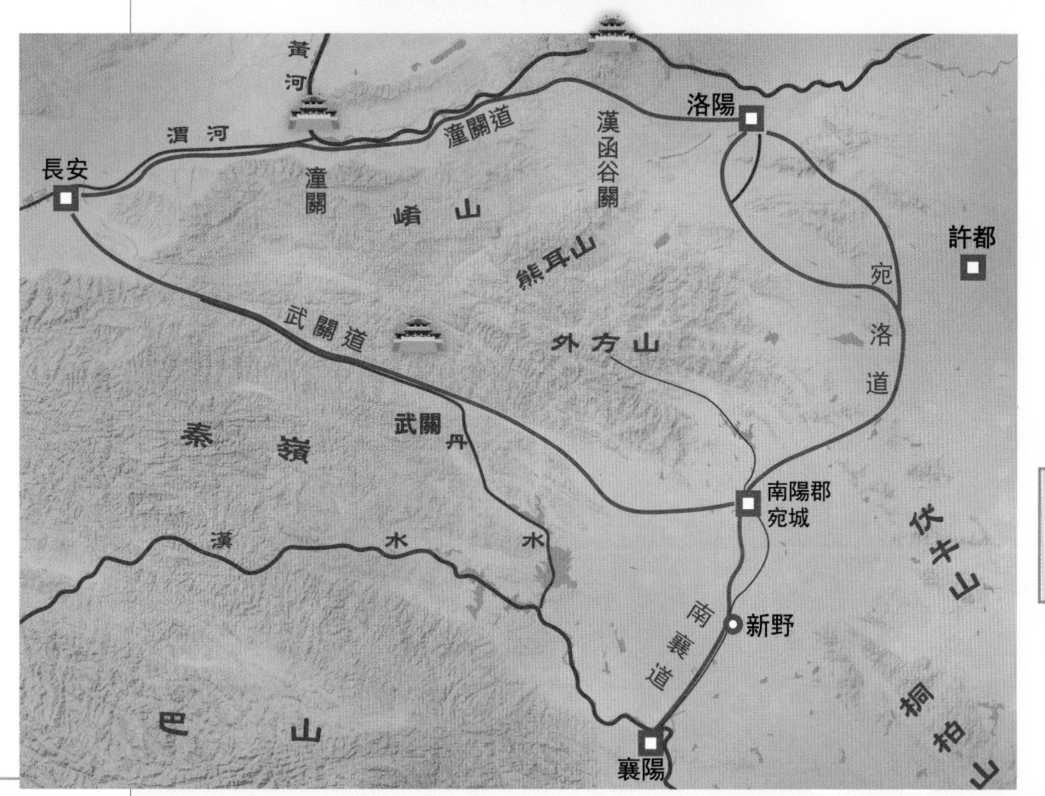

第十八回

賈文和料敵決勝，夏侯惇拔矢啖睛

且說操在南陽城下，騎馬繞城觀之，以定軍略。賈詡料曹操明侵西北，暗襲東南，便將計就計。令軍隊藏於東南房屋內，百姓扮成軍士虛守西北。曹操果然中計，曹軍大敗退走。張繡繼續追襲曹軍，並致書劉表，使起兵截曹軍歸路。

且說操軍緩緩而行，忽荀彧差人報說：「劉表助張繡屯兵安眾，截吾歸路。」操答彧書曰：「吾計劃已定，若到安眾，破繡必矣。君等勿疑。」便催軍行至安眾縣界。操令眾軍黑夜鑿險開道，暗伏奇兵。及天色微明，劉表、張繡軍會合，引兵入險擊之。操縱奇兵出，大破兩家之兵。

且說荀彧探知袁紹欲興兵犯許都，星夜馳書報曹操。操即日回兵。繡欲追之。賈詡曰：「不可追也，追之必敗。」劉表力勸繡引軍萬餘同往追之。曹軍奮力接戰，繡、表兩軍大敗而還。繡謂詡曰：「不用公言，果有此敗。」詡曰：「今番追去，必獲大勝。」繡信之。劉表不肯同往。繡乃自引一軍往追。操兵果然大敗繡不敢前追，收軍回安眾。劉表問賈詡曰：「前以精兵追退兵，而公曰必敗；後以敗卒擊勝兵，而公曰必克：究竟悉如公言。何其事不同而皆驗也？」詡曰：「此易知耳。操軍雖敗，必有勁將為後殿，以防追兵；故知必敗。夫操之急於退兵者，必因許都有事；既破我追軍之後，必輕車速回，不復為備；我乘其不備而更追之：故能勝也。」劉表、張繡俱服其高見。詡勸表回荊州，繡守襄城，以為脣齒。兩軍各散。

操回府，眾官參見畢，郭嘉袖出一書，白操曰：「袁紹使人致書丞相，言欲出兵攻公孫瓚，特來借糧借兵。」操曰：「吾聞紹欲圖許都，今見吾歸，又別生他議。」遂拆書觀之。見其詞意驕慢，乃問嘉曰：「袁紹如此無狀，吾欲討之，恨力不及，如何？」嘉曰：「今紹有十敗，公有十勝，紹兵雖盛，不足懼也：紹繁禮多儀，公體任自然，此道勝也；紹以逆動，公以順率，此義勝也；桓、靈以來，政失於寬，紹以寬濟，公以猛糾，此治勝也；紹外寬內忌，所任多親戚，公外簡內明，用人惟才，此度勝也；紹多謀少決，公得策輒行，此謀勝也；紹專收名譽，公以至誠待人，此德勝也；紹恤近忽遠，公慮無不周，此仁勝也；紹聽讒惑亂，公浸潤不行（逐漸滲透），此明勝也；紹是非混淆，公法度嚴明，此文勝也；紹好為虛勢，不知兵要，公以少克眾，用兵如神，此武勝也。公有此十勝，於以敗紹無難矣。」操笑曰：「如公所言，孤何足以當之！」荀彧曰：「郭奉孝十勝十敗之說，正與愚見相合。紹兵雖眾，何足懼耶！」嘉曰：「徐州呂布，實心腹大患。今紹北征公孫瓚，我當乘其遠出，先取呂布，掃除東南，然後圖紹，乃為上計；否則我方攻紹，布必乘虛來犯許都，為害不淺也。」荀彧曰：「可先使人往約劉備，待其回報，方可動兵。」操從之，一面發書與玄德，一面厚遣紹使，奏封紹為大將軍、太尉，兼都督冀、青、幽、并四州，密書答之云：「公可討公孫瓚。吾當相助。」紹得書大喜，便進兵攻公孫瓚。

且說呂布在徐州，每當賓客宴會之際，陳珪父子必盛稱布德。陳宮不悅，終日悶悶不樂。一日，帶領數騎去小沛地面圍獵解悶，忽見官道上一騎驛馬，飛奔前去。宮疑之，從小路趕上。陳宮搜其身，得玄德回答曹操密書一封。宮即連人與書，拿見呂布。布拆書細看。書略曰：「奉明命欲圖呂布，敢不夙夜（日夜、朝夕）用心。但備兵微將少，不敢輕動。丞相興大師，備當為前驅。謹嚴兵整甲，專待鈞命（尊稱長輩的命令）。」

呂布大罵曰：「操賊焉敢如此！」遂將使者斬首。先使陳宮、臧霸、結連泰山寇孫觀、吳敦、尹禮、昌稀，東取山東兗州諸郡。令高順、張遼取沛城，攻玄德。令宋憲、魏續西取汝、潁。布自總中軍為三路救應。

臧霸 字宣高

兗州泰山郡華縣（今山東費縣方城鎮）人。

簡雍 字憲和

涿郡（今河北涿州）人。跟隨劉備常為說客，往來使命。

高順將至小沛，有人報知玄德。玄

德急與眾商議。孫乾曰：「可速告急於曹操。」玄德修書付簡雍，使星夜赴許都求援。操即命夏侯惇與夏侯淵、呂虔、李典領兵五萬先行，自統大軍陸續進發，簡雍隨行。布先令侯成、郝萌、曹性引二百餘騎接應高順，使離沛城三十里去迎曹軍，自引大軍隨後接應。玄德與關、張二公，提兵盡出城外，分頭下寨，接應曹軍。

卻說夏侯惇引軍前進，正與高順軍相遇，便挺槍出馬搦戰。高順迎敵。兩馬相交，戰有四五十合，高順抵敵不住，敗下陣來。惇縱馬追趕，順繞陣而走。惇不捨，亦繞陣追之。陣上曹性看見，暗地拈弓搭箭，一箭射去，正中夏侯惇左目。惇大叫一聲，急用手拔箭，不想連眼珠拔出，乃大呼曰：「父精母血，不可棄也！」遂納於口內啖之*，仍復挺槍縱馬，直取曹性。性不及提防，早被一槍搠透面門，死於馬下。兩邊軍士見者，無不駭然。夏侯惇既殺曹性，縱馬便回。夏侯淵救護其兄而走。呂虔、李典將敗軍退去濟北下寨。高順得勝，引軍回擊玄德。恰好呂布大軍亦至，布與張遼、高順分兵三路，來攻玄德、關、張三寨，正是：啖睛猛將雖能戰，中箭先鋒難久持。

*拔矢啖睛：《三國志．夏侯惇傳》太祖自徐州還，惇從征呂布，為流矢所中，傷左目。《魏略》曰：時夏侯淵與惇俱為將軍，軍中號惇為盲夏侯。惇惡之，每照鏡恚怒，輒撲鏡於地。《三國演義》吃眼之事雖精彩，但屬演義。

第十九回 下邳城曹操鏖兵，白門樓呂布殞命

劉備不慎，洩露了謀取徐州的密謀，引起呂布的攻伐。劉備向曹操求援。

卻說高順引張遼擊關公寨，呂布自擊張飛寨。關、張兩軍皆潰，玄德奔回沛城。布殺入城。玄德只得棄了家小，匹馬逃難。玄德尋小路投許都。玄德與曹操相見，俱說失沛城、散二弟、陷妻小之事。操亦為之下淚。

軍行至濟北，夏侯淵等迎接入寨，備言兄夏侯惇損其一目，令先回許都調理。親提大軍，與玄德來戰呂布。時布已回徐州，欲同陳登往救小沛，令陳珪守徐州。

次日，登報宮曰：「曹兵已抄小路到關內，恐徐州有失。公等宜急回。」宮遂引眾棄關而走。登就關上放起火來。呂布乘黑殺至，陳宮軍和呂布軍在黑暗裏自相掩殺。曹兵望見號火，一齊殺到，乘勢攻擊，（布軍）四散。

呂布直殺到天明，方知是計；急與陳宮回徐州。到得城邊叫門時，城上亂箭射下。糜竺在敵樓上喝曰：「汝奪吾主城池，今當仍還吾主，汝不得復入此城也。」布遍尋（陳珪、陳登），卻只不見。

宮勸布急投小沛，布從之。急驅馬至小沛，卻見曹仁已襲了城池，引軍守把。布於城下大罵陳登。登在城上指布罵曰：「吾乃漢臣，安肯事汝反賊耶！」布大怒，正待攻城，忽聽背後喊聲四起。呂布料難抵敵，與陳宮等殺開條路，徑奔下邳。

關、張相見，各灑淚言失散之事。來見玄德，哭拜於地。再隨操入徐州。糜竺接見，俱言家屬無恙，玄德甚喜。

曹操得了徐州，商議起兵攻下邳。操曰：「吾自當山東諸路。其淮南徑路，請玄德當之。」次日，玄德留糜竺、簡雍在徐州，帶孫乾、關、張引軍住守淮南徑路。曹操自引兵攻下邳。

謀士許汜、王楷入見布，進計曰：「今袁術在淮南，聲勢大振。將軍舊曾與彼約婚，今何不仍求之？彼兵若至，內外夾攻，操不難破也。」布從其計，即日修書。二人至壽春，拜見袁術，呈上書信。術曰：「奉先反復無信，可先送女，然後發兵。」

許汜、王楷回見呂布，俱言袁術先欲得婦，然後起兵救援。次夜二更時分，呂布將女以綿纏身，用甲包裹，負於背上，提戟上馬。放開城門，布當先出城，張遼、高順跟着。將次到玄德寨前，一聲鼓響，關、張二人攔住去路，玄德自引一軍殺來，後面徐晃、許褚皆殺來，眾軍皆大叫曰：「不要走了呂布！」布見軍來太急，只得仍退入城。呂布回到城中，心中憂悶，只是飲酒。

曹操攻城，兩月不下。郭嘉曰：「某有一計，下邳城可立破，勝於二十萬師。」荀彧曰：「莫非決（潰決）沂、泗之水乎？」嘉笑曰：「正是此意。」操大喜，即令軍士決兩河之水。曹兵皆居高原。坐視水淹下邳。下邳一城，只剩得東門無水；其餘各門，都被水淹。眾軍飛報呂布。布曰：「吾有赤兔馬，渡水如平地，又何懼哉！」乃日與妻妾痛飲美酒，因酒色過傷，形容銷減；一日取鏡自照，驚曰：「吾被酒色傷矣！自今日始，當戒之。」遂下令城中，但有飲酒者皆斬。

卻說侯成有馬十五匹，被後槽人（馬夫）盜去，欲獻與玄德。侯成知覺，追殺後槽人，將馬奪回；諸將與侯成作賀。侯成釀得五六斛酒，欲與諸將會飲，恐呂布見罪，乃先以酒五瓶詣布府，布大怒，命推出斬之。宋憲、魏續等諸將俱入告饒。打了五十背花，然後放歸。眾將無不喪氣。憲曰：「布無仁無義，我等棄之而走，何如？」續曰：「不若擒布獻曹公。」侯成曰：「我因追馬受責，而布所倚恃者，赤兔馬也。汝二人果能獻門擒布，吾當先盜馬去見曹公。」三人商議定了。是夜侯成暗至馬院，盜了那匹赤兔馬，到曹操寨，獻上馬匹，備言宋憲、魏續插白旗為號，準備獻門。

次日平明，城外喊聲震地。城下曹兵望見城上白旗，竭力攻城，布只得親

古今地名

沂、泗（河）：沂水源出山東曲阜，合於泗水。泗水原系淮河最大的支流，上游流經低山丘陵區，集流迅速，容易形成洪水。

自抵敵。打到日中，曹兵稍退。布少憩門樓，不覺睡着在椅上。宋憲趕退左右，先盜其畫戟，便與魏續一齊動手，將呂布繩纏索綁，緊緊縛住。布從睡夢中驚醒，急喚左右，卻都被二人殺散，把白旗一招，曹兵齊至城下。魏續大叫：「已生擒呂布矣！」宋憲在城上擲下呂布畫戟來，大開城門，曹兵一擁而入。高順、張遼在西門，水圍難出，為曹兵所擒。陳宮奔至南門，為徐晃所獲。

曹操入城，即傳令退了所決之水，出榜安民；一面與玄德同坐白門樓上。關、張侍立於側，提過擒獲一干人來。

布告玄德曰：「公為坐上客，布為階下囚，何不發一言而相寬乎？」玄德點頭。及操上樓來，布叫曰：「明公所患，不過於布；布今已服矣。公為大將，布副之，天下不難定也。」操回顧玄德曰：「何如？」玄德答曰：「公不見丁建陽、董卓之事乎？」布目視玄德曰：「是兒最無信者！」操令牽下樓縊之。布回顧玄德曰：「大耳兒！不記轅門射戟時耶？」忽一人大叫曰：「呂布匹夫！死則死耳，何懼之有！」眾視之，乃刀斧手擁張遼至。操令將呂布縊死，然後梟首。

卻說武士擁張遼至。操指遼曰：「這人好生面善。」遼曰：「可惜當日火不大，不曾燒死你這國賊！」操大怒曰：「敗將安敢辱吾！」拔劍在手，親自來殺張遼。遼全無懼色，引頸待殺。曹操背後一人攀住臂膊，一人跪於面前，說道：「丞相且莫動手！」

第二十回 曹阿瞞許田打圍，董國舅內閣受詔

原來為張遼求情者乃劉備和關羽。曹操笑言，殺張遼只是戲言。操親為張遼釋綁，延之上座，遼感其意，遂降。曹操殺掉呂布後，班師回朝，安排劉備於相府附近安定下來。

次日，獻帝設朝，操表奏玄德軍功。玄德具朝服拜於丹墀（宮殿前石階）。帝宣上殿，問曰：「卿祖何人？」玄德奏曰：「臣乃中山靖王之後，孝景皇帝閣下玄孫，劉雄之孫，劉弘之子也。」帝教取宗族世譜檢看，則玄德乃帝之叔也。帝大喜，請入偏殿敘叔侄之禮。帝暗思：「曹操弄權，國事都不由朕主，今得此英雄之叔，朕有助矣！」遂拜玄德為左將軍、宜城亭侯。設宴款待畢，玄德謝恩出朝。自此人皆稱為劉皇叔。

曹操回府，荀彧等一班謀士入見曰：「天子認劉備為叔，恐無益於明公。」 操曰：「留彼在許都，名雖近君，實在吾掌握之內，吾何懼

皇叔
劉備傳承自西漢一脈，至東漢末年血緣已與皇室不親。而獻帝困於許都，面對曹操的壓力也需要外部支援。兩方各取所需，抱團取暖。

哉？」程昱説操曰：「今明公威名日盛，何不乘此時行王霸之事？」操曰：「朝廷股肱尚多，未可輕動。吾當請天子田獵，以觀動靜。」

操入請天子田獵，帝不敢不從，隨即排鑾駕出城。玄德與關、張引數十騎隨駕出許昌。忽見荊棘中趕出一隻大鹿。帝連射三箭不中，顧謂操曰：「卿射之。」操就討天子寶雕弓、金鈚箭，扣滿一射，正中鹿背，倒於草中。羣臣將校，見了金鈚箭，只道天子射中，都踴躍向帝呼「萬歲」。曹操縱馬直出，遮於天子之前以迎受之。眾皆失色。玄德背後雲長大怒，剔起臥蠶眉，睜開丹鳳眼，提刀拍馬便出，要斬曹操。玄德搖手送目，關公便不敢動。

操回馬向天子稱賀，竟不獻還寶雕弓，就自懸帶。圍場已罷，宴於許田。宴畢，駕回許都。眾人各自歸歇。

獻帝回宮，泣謂伏皇后曰：「朕自即位以來，奸雄並起：先受董卓之殃，後遭傕、汜之亂。常人未受之苦，吾與汝當之。後得曹操，以為社稷之臣；不意專國弄權，擅作威福。朕每見之，背若芒刺。今日在圍場上，身迎呼賀，無禮已極！

田獵

田獵是古代軍禮的一種。天子、諸侯遇農閒無事，行圍射獵，既是娛樂體育活動，也借此演習軍事，因而受到歷代重禮。

中國古代的原野射獵，目標有二：一、為獲取野獸：第一等的獵物曬乾，作為祭品，稱為乾豆；第二等的獵物用於宴請賓客；第三等的獵物，做軍隊平日的食材。其二、為整軍精武：利用農閒時期，借大隊兵馬外出射獵，練習武事。

早晚必有異謀，吾夫婦不知死所也！」伏皇后曰：「滿朝公卿，俱食漢祿，竟無一人能救國難乎？」言未畢，忽一人自外而入曰：「帝，后休憂。吾舉一人，可除國害。」帝視之，乃伏皇后之父伏完也。完曰：「老臣無權，難行此事。車騎將軍國舅董承可托也。然陛下左右皆操賊心腹，倘事泄，為禍不淺。」帝曰：「然則奈何？」完曰：「臣有一計：陛下可製衣一領，取玉帶一條，密賜董承；卻於帶襯內縫一密詔以賜之，令到家見詔，可以晝夜畫策，神鬼不覺矣。」帝然之，伏完辭出。

帝乃自作一密詔*，咬破指尖，以血寫之，暗令伏皇后縫於玉帶紫錦襯內，卻自穿錦袍，自繫此帶，令內史宣董承入。帝曰：「朕想卿西都救駕之功，未嘗少忘，無可為賜。」因指所着袍帶曰：「卿當衣朕此袍，繫朕此帶，常如在朕左右也。」承頓首謝。帝解袍帶賜承，密語曰：「卿歸可細觀之，勿負朕意。」承會意，穿袍繫帶，辭帝下閣。

（承）至夜獨坐書院中，將袍仔細反復看了，良久，倦甚。正欲伏几而寢，忽然燈花落於帶上，燒着背襯。承驚拭之，已燒破一處，微露素絹，隱見血跡。急取刀拆開視之，乃天子手書血字密詔也。詔曰：「朕聞人倫之大，父子為先；尊卑之殊，君臣為重。近日操賊弄權，欺壓君父；結連黨伍，敗壞朝綱；敕（帝皇詔書）賞封罰，不由朕主。朕夙夜憂思，

董承

冀州河間（今河北獻縣）人。漢獻帝嬪妃董貴人之父。

恐天下將危。卿乃國之大臣，朕之至戚，當念高帝創業之艱難，糾合忠義兩全之烈士，殄滅（消滅）奸黨，復安社稷，祖宗幸甚！破指灑血，書詔付卿，再四慎之，勿負朕意！建安四年春三月詔。」

董承覽畢，沉思滅操之計。忖量未定，隱几而臥。忽侍郎王子服至。見承伏几不醒，袖底壓着素絹，微露「朕」字。子服疑之，默取看畢，藏於袖中。子服曰：「願助兄一臂之力，共誅國賊。」承曰：「兄有此心，國之大幸！」子服曰：「當於密室同立義狀，各舍三族，以報漢君。」承大喜，取白絹一幅，先書名畫字。子服亦即書名畫字。

*** 衣帶詔**

衣帶詔來源於《三國志・先主傳》「獻帝舅車騎將軍董承辭受帝衣帶中密詔，當誅曹公。」但「辭」是宣稱的意思，並無實據。故史家對此事存疑。

圖説三國演義 1（原著節本）

原　　著：羅貫中
策　　劃：陳萬雄
編　　著：小白楊工作室
編輯成員：蔡嘉亮、劉集民
插　　圖：李成宇
責任編輯：張斐然
美術設計：李成宇
出　　版：新雅文化事業有限公司
香港英皇道 499 號北角工業大廈 18 樓
電話：(852) 2138 7998
傳真：(852) 2597 4003
網址：http://www.sunya.com.hk
電郵：marketing@sunya.com.hk
發　　行：香港聯合書刊物流有限公司
香港荃灣德士古道 220-248 號荃灣工業中心 16 樓
電話：(852) 2150 2100
傳真：(852) 2407 3062
電郵：info@suplogistics.com.hk
印　　刷：中華商務彩色印刷有限公司
香港新界大埔汀麗路 36 號
版　　次：二〇二四年七月初版

ISBN: 978-962-08-8414-6

18/F, North Point Industrial Building, 499 King's Road, Hong Kong
Published in Hong Kong SAR, China
Printed in China